チョン・セラン

古川綾子 訳

J・J・J
三姉弟《きょうだい》の
世にも平凡な
超能力

AKISHOBO

This book is published with the support of
the Literature Translation Institute of Korea (LTI Korea).

目次

J・J・J三姉弟の世にも平凡な超能力

運転中のジェインはぴりぴりしていた。購入して八年になるお母さんの中型セダンはエアコンの調子が今ひとつだ。上の弟のジェウクが韓国を発つ前に三姉弟《きょうだい》でバカンスというプランだったが、普段からべったり仲良しというわけでもないので、旅行だからって特に何かが変わるわけでもない。西海岸のさして有名でもないビーチでそれぞれ海水浴をして、蚊に悩まされ、夕飯は海鮮を食べた。大して楽しくないだろうとわかってはいたけど、長子としては強行するほかなかった。

「俺が運転しようか？」

ジェウクが尋ねた。ううん、そう答えてジェインは首を振った。数年前に事故に遭ってから、ジェウクは運転能力が少し衰えた。注意力が散漫になったというより、反応するスピードが遅くなったのだ。疲れていても、このままジェインが車を走らせるほうがましだった。末っ子のジェフンは後部座席でお気楽に眠っている。遅くにできた下の弟は十三歳違いで、ようやく高校二年生になったところだ。眠る姿がインドの達磨大師みたいだとジェインは思った。達磨大師が描かれた古い掛け軸が家にあるせいで、やたら重なって見える。もしくはミシュランタイヤのキャラクター。ジェインとジェウクはシルエットが似ているけれど、ジェフンの体形は二人と大違いだった。

三姉弟が一緒に過ごす時間は、どう考えてもこれから徐々に減っていくはずだ。休暇が終わればジェインは大田《テジョン》の研究団地に戻り、ジェウクはアラブの公団に派遣される。ジェフンだけがお母さんとソウルに残るわけだけど、お母さんにジェフンを預けるのか、ジェフンにお母さんを預けるのか、どっちにしても一瞬たりとも気は休まらなかった。

だからって自分が一手に引き受けるわけにはいかない。こわばった指でハンドルを握るジェインは考えた。そんなことしてたら性格が悪くなってしまう。

うたた寝から目覚めたジェフンは、お姉ちゃんってほんとに性格悪いなあと思った。他人に対して極度に親切な運転をしようとするあまり、自分がヒステリックになりつつある。

それは免許を持っていないジェフンにも感じられた。気が立った状態でハンドルを握るから、車内の空気が居心地悪くなっていく。お姉ちゃんの性格は強く張りすぎたギターの弦みたいだ。つねに一音高い。たまに二音高くなることもある。子どもの頃からそうだったのかはわからない。歳の離れた姉の幼少期を想像するのは難しかった。

お兄ちゃん、この人はとにかくわからない。

事故に遭う前はお兄ちゃんのことを理解しているつもりだった。お姉ちゃんとは十三歳、お兄ちゃんとは十歳違うけど、それでもお姉ちゃんよりは近い存在だと思ってきた。あんな状態で遠く離れた砂漠のど真ん中なんかに行って、また怪我でもしたらと気がかりだった。医者はまったく問題ないって言ってるけど、それは以前のジェウクを知らないからだろう。近い人間はみんなそう感じているんだから。

「腹減った」

「サービスエリアに着くまで待って」

「サービスエリアは嫌だ」

ジェフンは舌が肥えている。末っ子が三姉弟で唯一の美食家だなんて、ジェインは今さらながら感じていた。ジェインとジェウクは鼻が利かない。鼻が利かない人間は大体なんでも食べられる。一方のジェフンは悪い材料が一つでも入っていると、たちまち見抜いた。鮮度がいまいちだね、そう言って箸を置く。そうするとお母さんは腹を立てながらも、別のメニューを用意してあげるのだ。人間離れした嗅覚だと舌打ちしながら。ジェフンを連れてトリュフを探しにいったらどうだろうと、ジェインは何年か前に想像したことがあった。

「あんたもお腹空いてる?」

ジェインはジェウクに尋ねた。

「空いてんのかな」

答えになっていなかった。そのくらい気づいてほしい、ジェインは眉間にしわを寄せた。お腹が空いているのかどうかくらい、自分で気づくべきじゃないのかな。末っ子がサービスエリアの食事は嫌だと言ったから、ジェインは高速道路から国道に降りた。

駐車場が空いていたから店内もがらんとしているだろうとは思ったけど、本当に客が一人もいなかった。

「まずい店なのかな」

大声で言うジェフンをジェインがじろりとにらんだ。三人ともこの旅が終わることだけをひたすら願っていたから、別の店には行かずにそのまま座った。

「こういう店ってさ、貝が新鮮じゃないんだよ」

「静かにしなさい」

ジェインとジェウクがウェットティッシュで几帳面に手を拭き始めると、ジェフンも真似をした。アサリのカルククス《うどん》を手づかみで食べるわけでもないのに、なんでそんなに潔癖なのか理解できなかった。

実験で荒れてしまった爪周りがひりひりする。落ちこんだジェインは思わずため息をついた。

「手袋使わないの？」

ジェフンが尋ねた。

「使ってるよ。二枚重ねてるんだけど、アセトンは強力だから」

ジェインは企業の研究所で有機ＥＬ照明を研究している。新しい素材で作った基板の材質や発光材料を試験するのは興味深い作業だけど、超快適な環境ではなかった。化学会社はどこも有害な溶媒や物質だらけ、きらめくものもそういう存在の間で作られている。

「ネイルアートなんかに大金をはたいたところで、すぐに落ちちゃうし。そこまでの高望みはしないけど。でも、こんなに荒れちゃうんだよ。爪はしょっちゅう折れるし、はがれたみたいに盛り上がったりもして、おまけにささくれだらけ」

「サラリーマンも大変なんだね」

ジェフンがませたガキみたいなことを言った。

「だから勉強を頑張らないと。何をやっても大変なら、せめてやりたいことで大変なほうがましでしょ」

「頑張ってるってば」

「よく言うよ。あんた、毎日遅刻してるってお母さんが言ってたけど？」

「それは僕のせいじゃない。エレベーター待つだけで十分は無駄になっちゃうんだから」

八〇年代に建てられたマンションの十三階に住んでいると、たしかに遅いエレベーターは不便だ。学生時代のジェインもはらはらしながら待った記憶がある。

「一階まで歩けば」

ジェウクが提案した。

「何言ってんの。お兄ちゃんならともかく、僕がそんなことしたら膝をやられちゃうって」

　なら好きにすれば、そう言うとジェウクは顔を背けて窓の外を眺めた。ひときわ蒸し暑い日で、木々も夏バテしてしおれているように見えた。

「砂漠はいつもこんなに暑いのかな」

「暑いことは暑いだろうけど、湿気はないんじゃない？」

「……海に近い砂漠だって」

　ジェウクの言葉に、ジェインとジェフンは気の毒そうな顔をした。ジェウクが建設するプラントは一次精製した原油を二次精製する施設だった。輸出しやすいように港の近くに建てるそうだ。最高気温が五十五度まで上がるというのに、べたつく海風まで吹いたら灼熱地獄になるのは目に見えている。

　でも実際は暑さが問題なのではなかった。暑いのはどうしても苦手ってタイプでもないし、案ずるよりも楽に無神経になれるかもしれない。問題は無神経、まさにそれだった。事故に遭ってから周囲の状況や人間に気を配り続けるのが難しくなった。病院では問題ないと言われたが、にぶくなったのは確かだ。やたら手を火傷したり転んだりする時期はすぐに過ぎたけど、以前よりほんの少し反応や動作が遅くなり、体の部位と部位がつながっていないように感じられた。たとえ百分の一秒でも遅いことに変わりはない。どこか違和感があった。他人の会話についていくだけでも骨が折れる。ジェインとジェフンのやり合いも何気にストレスだった。大事な言葉、大事な出来事だけを、誰かが別の色で示してくれたらいいのに。重機でぺちゃんこにされないように警報音も鳴らしてくれたりさ。

「遊びにいくね、お兄ちゃん」

「観光地じゃないから」

まず色が奇妙だった。とても奇妙なことにアサリが蛍光色ではないか、三人は悩んだ。ジェインとジェウクはジェフンが味見するのを待った。

「味は大丈夫？」

ジェインが店の人に聞こえないようにひそひそ尋ねた。お姉ちゃんとお兄ちゃんが自分の判断を待っていると知るや、ジェフンの態度が少し偉そうになった。いざ一口食べてみると至って普通の味だ。アサリのカルククスを注文する人が期待するとおりの味で、それ以上でも以下でもなかった。あまりに普通すぎて〈アサリのカルククス〉っていう単語とか、概念そのものを噛んでいるみたいだ。製麺機で作られた麺はたちまち喉を下っていきそうになったけど、もう少しゆっくり味わってみる。蛍光色のアサリは弾力があった。出汁は細々した海藻類と乾燥させて粉末にしたエボヤで取られている。こういう素材を使うとすごく美味しいはずなのに、どうやったらここまで平凡な味になるんだろう、ジェフンは怪訝《けげん》に思った。

「意外と平気」

そうして三人は黙って遅いランチを食べた。ジェインは残りの休暇をソウルでさっさと終え、大田の寮に戻れたらと思っていた。気の合うルームメイトとシェアしている部屋には、少し前にローテーブルと丸いラグも買い入れた。そこでエアコンを利かせて炭酸水を飲んだら最高だろうに……。休暇前に出た実験データに納得がいかず、それも気になってずっともやもやしていた。有機ＥＬ素子の効率と寿命が予想を下回ったのだ。ジェウクは頭の中で赴任に向けた荷造りをしていた。しょっちゅう何か見落としているような気になる。最近はいつもそうだった。荷造りだけでなく、どんなことでも何度かくり返さないと、すき間の大きい部分から重要事項がすっぽり抜け落ちてしまうのだ。ジェフンは新学期が嫌だった。お姉ちゃんもお兄ちゃんもいないから、朝のバスルーム渋滞は少し緩和されるだろう。それでも遅刻するのは目に見えてるけど。

帰路、ラジオからは三人の嫌いな曲ばかりが流れてきた。でも、そのたびにチャンネルを変えるのも面倒だったから、三人とも諦めて聴くことにした。

＊

玄関の前で三人は同じことを考えていた。

〈ラスボス……〉

お母さんが知ったら三姉弟の頰を同時にはたくかもしれないけど、お母さんを思うと温かい気持ちになるっていうより、まずは難関を前にした人間の心構えになるのは事実だった。地平線の近くに迫りくる竜巻を見たときの気分とでもいうか、一度も竜巻を見たことはないし、見たくもないけど、そんな心境と似ている。

些細なミスにもお母さんは暴言を浴びせる。絶えず金銀財宝が湧き出る小さな壺があるとする、その金銀財宝を暴言に代えれば説明がつくはずだ。しかも壺はひび割れていて、その箇所にぼろぼろのテープが適当に貼られている。ふたもちゃんと閉まらなくてがたがた。危険かもと思った瞬間に噴き出す。現実の世界にはちょっと存在しなそうな暴言の数々が、まるで消火栓の水のようにあふれ出てくるのだ。

「お前みたいなのは、あたしが死んでも顔色一つ変えないはずさ、納棺の瞬間だって涙一つこぼさないんだろ！　この石氷庫《ソッピンゴ》［氷を保存するために石を積んで作った天然の冷蔵庫］の氷みたいなヤツが！　蓋馬高原《ケマコウォン》［現在の北朝鮮にある半島最大の高原地帯］の冷凍タラみたいなヤツが！　鉄原《チョロン》［朝鮮半島中部の地域。現在は軍事境界線を挟んで南北の双方に同名の行政地区が存在する］の氷柱みたいなヤツが！」

　納棺だなんて、なんておぞましい言葉を。しかも東氷庫とか西氷庫ならば実際の地名だからわかるけど、石氷庫の氷なんて言われても見たことないし、なかなか想像がしにくかった。冷蔵庫のある時代に生きてる人間が、なんでまたそんな比喩を使うのか理解に苦しむ。しかもお母さんが引き合いに出すのって、自分とは縁もゆかりもない地名ばかりだった。

「三人もいたって苦労ばっかりだし、お腹を痛めて産んだ甲斐のあるヤツは一人もいない。お前たちのせいでこんな人生を送ってるのに、母親を哀れに思う子もいない。お腹にいるときからあんなにつらい思いさせられて、熊手を孕《はら》んだとしてもお前たちよりはましだろうよ」

　避妊が可能なこの時代に、どうしてお父さんみたいなのと三人も子どもを作ったんだろう、ジェインはちょっと知りたくもあった。それにしても熊手とは。

第一子と第二子が職場の上司の暴言くらいだったら〈あ、そうっすね〉とやり過ごせるようになったのは、お母さんによる訓練の功績が大きい。自分の中にも同じような本性が潜んでいるんじゃないか、ジェインはつねに自身を観察する癖がついたし、ある年齢になってからは気性の荒い人をだんだん避けるようになった。ジェウクはちょっと違って開閉式の耳を持つようになった。聞きたくないときは聞かない。人と接するのがつらく、距離を感じるようになったのには、事故の影響はもちろんだけど、お母さんの影響も少なくなかったはずだ。ジェフンの場合は末っ子という理由でお母さんの爆発頻度は低かったし、どんな暴言もお腹のぜい肉でぽよーんと弾いてしまうので、上の二人は感嘆していた。

とにかく三人は理解していた。あの暴言のすべては、時々ついてくる劇的な涙は、実のところ三姉弟ではなく、お父さんに向けられているのだという事実を。

お父さんは幼かった三姉弟と本当によく遊んでくれた。一緒に遊ぶひと時はいつも機知とエネルギーにあふれてたから、三人はお父さんが仕事から帰ってくるのをひたすら待った。残業に出張と忙しかったけれど、時間があるときは精一杯遊んでくれた。

「いや、待って、お姉ちゃんとお兄ちゃんはよく遊んでもらったかもしれないけど。僕が子どもの頃は、もう夫婦仲が最悪すぎてお父さんあんまり帰ってこなかったし」

ジェインとジェウクが幼少期の話をすると、ジェフンはそこに自分は含まれていないと一線を画した。いずれにしても遊んでくれる父親のことを母親はいつも怒っている、そう認識しなくちゃいけない十代は平坦とは言えなかった。特にジェインは子どもとよく遊ぶ男性を見かけるたびに、あの人は女ともよく遊ぶのかなあ、そういう否定的な想像をする自分が嫌だった。

お父さんの浮気癖がおじいちゃんからの遺伝なのは確かなようだ。激動の二十世紀によく遊び、早世したおじいちゃんにそっくりだと言われている。血が汚れてるからだ、無学だからだと、お母さんはその日の気分で理由についてさまざまな意見を述べた。お母さんが言うように家庭内の問題が理由なのは確からしく、伯父さんと叔父さんも似たり寄ったりの生き方をしていた。伯父さんの三番目の妻になる人が本家に嫁いできた頃には、みんな笑顔で接しながらも、どうせそのうちにいなくなる女だと内心思っていたのか、誰も正確な呼称では呼ぼうとしなかった。叔父さんのほうは事業に失敗したのをきっかけに、放《ほう》蕩《とう》生活に区切りをつけて家庭を守り抜いたけど、仕事が持ち直しでもすれば、いつまたどうなるかわかったものじゃない。

「お前たちは一体なんの不満があって、そんなに父親を責め立てる？　結局は父親の稼ぎで暮らしてんだろ。だったらいいじゃないか」

伯父さんがお父さんによく似た、でももう少し顎の発達した顔でそう言ったとき、お母さんだけでなく三姉弟もはらわたが煮えくり返った。ジェインとジェウクが社会人になって稼ぐ前だったから、余計に骨身に沁《し》みたのかもしれない。伯父さんの三番目の妻がまたしても逃げ出し、叔父さん一家が地方に移住した時期に、父方のおばあちゃんが亡くなった。お母さんが一人で介護しているさなかに、怒りをこらえすぎたことによるストレス性障害で。脳梗塞に続く脳内出血だと言われていたけど、全員が死因はストレス性障害だと思っていた。お母さんは口が利けなくなったおばあちゃんをお風呂に入れながら、お父さんとお父さんの兄弟のことをぼろくそに言った。実の母親を預けっぱなしで帰ってこないお父さんを罵倒していたとき、おばあちゃんはもう答えられる状態ではなかったけど、ジェインは時々おばあちゃんの中に澱《よど》む言葉が知りたくなった。介助用具なしに入浴させるのは並大抵のしんどさではなかったから、当時のお母さんとジェインはいつも腰を痛めていた。今でも腰が痛むとおばあちゃんのことが頭に浮かぶ。

優しい気持ちで思い出せたらいいのに、結婚が一人の人間の人生を食い殺すこともあるという警告の記憶でしかないのが悲しかった。もっと正直に言うなら悲しいよりも恐ろしかった。

「お父さんってさ、なんで飲み屋の女としかつき合わないのかな?」

事故に遭う前のジェウクが鋭い洞察力を見せたことがあった。考えてみると確かにそうだ。違う職業の一つや二つ交じっていてもよさそうなのに、例外なく水商売だった。短い同棲生活に入ったり、深い関係になったりすると、お父さんが寝ている隙に、自宅の電話番号や家族の携帯番号を盗み見て、何度も何度も電話してくるから大変だった。離婚してちょうだい、本気で愛し合ってるの、死ぬまで別れない。レパートリーはいつも同じだった。同じで執拗だった。そういうのに悩まされているうちに、本や映画によく登場する〈神秘的で訳ありな水商売の女〉ってキャラを目にすると、悪態が口をついて出るようになった。神秘だなんてとんでもない。社会の構造といった原因やお父さんみたいな捕食者から、そういう不安な立場にある女たちをどうにかして救い出すべきであって、お気楽なことを言ってる場合じゃなかった。でも同時に、相手は弱者なのだと頭ではわかっているのに、攻撃されるとうんざりしてしまう自己矛盾にも陥っていた。一度などジェフンにまで連絡してきたので、電話を奪い取ったジェインが大声でわめき散らしたことがあった。

習った覚えのない、どこから体内に染みこんだのかと思うような罵詈《ばり》雑言をまくし立てた。いかにもお母さんの娘らしいと思った。神秘化は対象が遠くにいるから可能なのであって、悲惨な形で人生に乱入してくるようになったら不可能なのだと、こうして学んだ。

「遺伝的にやばいのかもしれないから、あんたたちも気をつけなよ」

弟たちの肩に〈修身斉家治国平天下〔天下を治めるには、まず自分の行いを正し、家庭を整え、国家を治め、天下を平和にするべきだという儒教の言葉〕〉とタトゥーを彫るくらいの勢いで、ジェインは口を酸っぱくして言ったが、その小言はもしかすると外側ではなく、内側に向けられているのかもしれなかった。ジェインもこれまでの人生で何度か過ちを犯した。仲の良い友人と酔った勢いでキスをしたり、どっちともおつき合いまでは行かなかったけど、同時期に二人とデートしたりしたこともあった。それでも初期のうちに軌道修正ができたのは、過ちの方角に足を滑らせ続けずに済んだのは、ある種の警戒心がつねにあったからだ。自分の気質には汚れた部分がある。万年発情期の、他者を傷つけても図々しくいられる、舌をだらりと垂らした怪物がいる。手綱を締めなくちゃ。鎖を掛けなくちゃ。その都度、自分に念を押してきた。悪い遺伝形質のイメージを、いつもグロテスクに描くところは科学者らしくなかったけれど。

「お父さんがね、よりを戻して一緒に暮らそうだって」

お母さんが言ったとき、ジェインは叫び、ジェウクは耳をふさぎ、ジェフンは読書室に逃げた。これまで何度も何度もくり返された会話だった。

「もう、そのまま離婚しちゃいなよ？　お母さんの生活費なら私たちが払えるんだからさ。お願いだから離婚して、お母さん」

ジェインが三姉弟を代表して発言し、ジェウクも海外勤務の期間は年俸がアップするから問題ないとつけ加えた。でも二人とも、お母さんはその提案を受け入れないだろうとわかってもいた。

「結婚してまともに向き合ってくれなかったヤツが、離婚にまともに向き合ってくれると思う？　あたしは自分の取り分を守らなきゃ。守ってお前たちに渡す義務がある」

必要ないよって言葉は最後まで口から出てこなかった。年齢を重ねて気づいたのは、お金があったから、あんな環境で育ってもそれほど心細くなかったってことだ。ろくでもない父親のもとで生活まで困窮していたら、夜中に電話してくる愛人たちと同じく不安だったはずだ。お母さんが守ろうとしているものが何か、だから理解はしているけれど、同時にどこまでも否定したい気持ちもあった。お母さんの人生はいつからか固定されてしまった、救出するには遅すぎる、そういう事実を世の長女たちは往々にして受け入れられないものだ。

お母さんはジェウクの海外勤務が決まると泣き、三姉弟が短い旅に出ると寝こみ、空港では慟哭《どうこく》した。まだ時間はたっぷりあるのに、ジェウクはさっさと出国手続きを済ませてゲートの中に入ってしまった。

泣きやむ気配のないお母さんを降ろし、ジェインは大田に戻る道すがら考えた。二十代を通して、そしてもっとも大変な思いをして学んだのは不安の隠し方だったと。不安なのがばれると、みんな逃げていく。不安だからって四方八方に自分の不安を投げつけていたら、真の大人にはなれない。カバンの中でもあふれないタンブラーのように、ぎゅっとふたをしなくちゃ。三十代に突入したジェインは心のロック機能をしょっちゅう確認していた。

帰ってから爪を切ろうとしたら、切る前から爪切りが壊れてしまった。こんなものまで壊れるのかと思った。

＊

最初に気づいたのはジェフンだ。妙にエレベーターの来るのが速い。上がってくる途中の階で停止することもなかったし、ジェフンのいる十三階より上にも行かない。迅速にやってきて十三階で止まり、ジェフンだけを乗せて下っていったので、ほかの階で待っていた人たちの毒づく声が聞こえた。十三階より上の人はボタンを押すタイミングが自分より遅かったのかもしれないけど、一階に向かう途中の階でもドアが開かないのにはびっくりした。最初はラッキーだと思い、数日後にはエレベーターがついに故障したのかと思った。どっちでもよかった。おかげで夏の補習期間は一度も遅刻をしなかった。三姉弟のグループトークルームで自慢したかったけど我慢した。たった数分早くなっただけなのに、朝の空気がいっそう爽快に感じられた。

そんなある日、学校から帰ってきたときのことだった。その日最後の授業を頭にぎゅうぎゅうつめこんだせいで、ぼうっとしながらエレベーターを待っているとドアが開いた。乗ってから自分がボタンを押していなかったことに気づいた。誰もいないけど一階のボタンが押してあったのかな？　そんなはずもないと思うけど。古いエレベーターには一定時間が過ぎると自動で一階に移動する機能なんてない。おー、超能力か。

ジェフンは冗談で両方のこめかみに指をあてると〈十三階！〉と心の中で叫んだ。誰かが防犯カメラを見ていたら、あいつ何やってんだと思ったはずだ。

するとエレベーターは本当に上昇を始めた。あ、上の階で誰かがボタンを押したんだな。このまま冗談を続けるつもりで、それでも十三階は押さなかった。どこか途中の階で止まるだろう。そうしたら降りて階段で帰るつもりだった。ダイエットが必要なのは事実だったから。上るほうが下るよりも膝には良いそうだ。

ジェフンの予想は外れ、エレベーターは一度も停止しなかった。十三階にも誰もいない。ん？　えっ？　嘘だろ！　エレベーターに化かされた気分だ。ふり返って閉ざされたドアをしばらく見つめた。エレベーターは下りていかずにじっと留《とど》まっている。三姉弟でいちばん呑気な性格のジェフンはおかしいとは思ったものの、くすくす笑って家に入ると、そのまま昼寝をしてしまった。勉強のしすぎで頭がぼうっとして勘違いしたと結論づけたのだ。らしくもなく頑張ったせいで、脳が電子レンジでチンした〈さけるチーズ〉みたいになっていた。

でも翌朝、にらむと同時に高速で上がってきたエレベーターのドアが、まるで自分を歓迎するかのように開くのを見たとき、ジェフンはクールに受け入れた。げっ、くっそー、僕って超能力者だったんだ。中の鏡をのぞき込んで話しかけた。お前さ、なに友達ぶってんだよ？　僕に何すんだよ？　興奮したジェフンは浮かれ、あらゆる機械とコミュニケーションを取ろうとしたが、その日のうちにエレベーターにしか通じないことに気づいた。どのビルで試してもエレベーターとは完璧に交感できた。あんまり役に立ちそうもない能力だけど、まだわからない。ソウルは高層ビルだらけだし、これからもっと増えるだろうから。

人生が変わる日をずっと待っていた。そうとしか言いようがなかった。ジェフンはつねに不満足状態だった。両親のミスでできた子だったから、計画外の妊娠だったから。当時お母さんの子宮には握りこぶしほどの筋腫があった。胎児だったジェフンの成長とともに筋腫も栄養を吸い取って巨大化した。手術で早い時期に取り出したとき、ジェフンと筋腫の大きさはほぼ同じだったそうだ。家族はみんな否定するけど、頭が相対的に悪いのは月足らずで生まれたせいじゃないかと、つねに疑っていた。お姉ちゃんとお兄ちゃんだけ見ても、子どもの頃から数学や科学の秀才だったし、しかもお兄ちゃんなんてメンサクラブの会員だった。悔しいのは頭脳だけじゃない。お姉ちゃんとお兄ちゃんはハードル選手でもあった。姉弟が通った中学校は陸上が強いことで有名だったけど、二人ともハードルで頭角を現した。小さかったジェフンは、自分もいつかハードル選手になるのだと思っていた。大会を観にいったのは幼稚園の頃だから記憶は曖昧だけど、お兄ちゃんの跳ぶ姿だけは強烈に残っている。普段は意地悪でしかないお兄ちゃんが脚の長い鳥みたいに跳躍してたし、それぞれの正確なリズムを維持する選手たちの姿はかっこよかった。自分も成長すれば二人みたいに脚が長くなると思ってたのに、期待とは裏腹に太るばかりだった。ジェフンが入学した日、興奮したようすで教室のドアを開けた陸上部の顧問に名前を呼ばれて手を挙げると「お前じゃなくて、ほかにジェフンって生徒はいないのか?」と狼狽《ろうばい》していた顔が忘れられない。

「もしかすると名前のせいかもしれない。お姉ちゃんはジェ〈イ〉ン、お兄ちゃんはジェ〈ウ〉ク、二人とも母音でそろってるのに、僕だけジェ〈フ〉ンだから」

「そうかな? 私は〈ジ〉じゃなくて、サ行ではじまる名前がよかったのに」

「なんで?」

「イ・サンウンとイ・スンヨルのファンだから。同じサ行だったら、私も二人みたいに歌がうまくなりそうじゃない?」

お姉ちゃんのだらだらした声にイラついた。歌までうまくなるつもりかよ? 勉強もできて、ハードルも上手に跳べるのに? 一つくらい僕にとっといてくれてもよかったじゃないか。お腹の中にあった才能は一つ残らずお姉ちゃんとお兄ちゃんが持ってって、筋腫だけを残していったんじゃないのかと、いつも不満に思っていた。でも、もう自分にも奇妙な能力が備わった。理由も使い道もちんぷんかんぷんだけど、それでもこういうのを待ってたんだ。ジェフンだけの特別な何か。ジェフン一人だけの何か。

ジェインとジェウクにも似たような変化が起こっていることを、ジェフンは知らなかった。知っていたら、ここまでは喜べなかったはずだ。あまり連絡を取り合わない三姉弟でラッキーだった。

当然ながらジェインはジェフンほど受け入れられていなかった。三十歳って、サーティワンアイスクリームの全種類を制覇しているくらい大人だ。販売終了や入れ替わったフレーバーまで合わせたら、もっとたくさんの味を知っている。お花の形をしたブローチをつけて、魔法使いの少女になってほしいという頼みを聞き入れるには、どう見ても大人すぎる年齢だった。

そういうわけで壊れた爪切り四つと、使えなくなった爪やすり二つを見下ろしながら、ジェインが下した結論は一つだった。

「病気になったんだ」

前回の健康診断ではどこも異状なかったのに、数週間前までは問題なく切れていた爪が一体どうしてこんなことに。いちばん良く切れた爪切りから、何かのおまけでもらって置きっぱなしだった爪切りまで、どれも刃が駄目になって歪《ゆが》んでしまった。爪やすりで研いでみたら、爪の白い粉が飛ぶどころか爪やすりが傷だらけになった。長時間お風呂に浸かってから試してもみたけど結果は同じだった。なんだろう？　モース硬度10がつきそうな硬さだ。

これまでになく状態の良い、割れたり、裂けたり、盛り上がった箇所がなくて滑らかな爪に困惑していた。白とピンクの割合が適度で清潔感があった。何か特別なものとか食べたっけ？　疲労回復にと総合ビタミン剤を飲むようになってしばらくになるけど、まさかそのせいかなと思った。ネイルショップで専門家に手入れを頼むか、病院に行こうかとも考えたが、どうにも気が進まなかった。

「もしかしたら一時的な現象かも」

ジェインはいかなる状況でも、決して無責任なタイプではなかった。でも自分でも説明のつかない理由から、爪の問題を保留することにした。足の爪はこれまた一切問題なく切れていたから、余計に気になってしまう。

そしてジェウクといえば、ひたすら目をこすっていた。視界がおかしかった。くり返し赤くなる。いきなり染まっては正常に戻るのだ。急に新しい気候に適応しようとしたせいで、体が疲れているようだった。ジェウクは昔から三姉弟の中でいちばん視力が悪かった。度数がマイナス11でレーシックもラセックもできないので、眼鏡と使い捨てのコンタクトレンズを併用している。ジェインはそこまで悪くないので数年前にレーシックを受けたし、ジェフンは珍しく視力が良くて両方とも一・五だった。ジェインとジェウクは視力の良さをうらやみ、ジェフンを勉強しないからだとからかったものだった。とにかくジェウクが三姉弟の中でいちばん視力が悪かったし、しかも生まれつきだったから、何か問題が生じたのだろうと思った。もっと早く症状が出ていれば出発前に眼科で診てもらえたのに、まだまだ遠い休暇までの日々を数えながら我慢するしかなかった。

こすれば治ったし、痛みや炎症があるわけでもないから、あまり深刻に考えてはいなかった。

＊

その晩のジェインは残業中だった。スターラーを回した状態で会社の中庭に行き、インスタントコーヒーを飲んで息抜きしていた。真空着装置の順番を待っているところだった。会社は十数年前に建築の賞を受賞したほど、こだわって造られた建物で庭園も美しかった。小さな池の近くにあるベンチがいちばんお気に入りの場所だ。木々に囲まれた心地良いベンチは人気が高く、残業のときでもないと座れなかった。これから実験する内容を考えながらベンチに何気なく指で落書きをしたら、すーっと傷がついた。ジェインは爪の間に挟まった木くずに仰天した。化粧品が挟まるのも嫌で伸ばしていない爪が、ものすごいスピードで成長していた。

ジェフンは街中でいちばん高いビルのエレベーターにいた。最上階には展望カフェがあるけど、制服姿の男子高校生が一人で気軽に入れる場所ではなかった。エレベーターを最後まで上がらせず、半階分だけ下げた状態で停めた。誰かが故障したと通報する前に、しばし夜景でも楽しむつもりだった。

「あそこに見える会社のどこにも入れないんだろうな」

思わず口にしていた。どのビルも屋上には会社のロゴが輝いている。現実問題は就職ではなかった。大学が第一関門だ。あんなに勉強ができたお姉ちゃんとお兄ちゃんも、結局はただのサラリーマンになった。大して幸せそうにも見えないけど、ジェフンにはよくわからない世界で、何か重要な仕事をしているようだ。二人が難なく歩いた道に自分は進めそうもない。急に意地悪な気持ちになった。大学だろうが会社だろうが、落ちるたびにそのエレベーターを踊らせてやると心に決めた。

時差の関係で二人から遅れること五時間、ジェウクは夜を迎えた。コンテナを改造した宿舎でエアコンをつける。外壁こそコンクリートだが防音は期待できない造りだったから、隣の宿舎のエアコンの音まで共鳴していた。室外機が巨大なハチの群れみたいな音を立てながら一斉に回っている。

冷たいタオルを目に当てた。朝からずっと熱気に苦しめられたジェウクに、何か考える余力は残っていなかった。そのままベッドに吸いこまれるように眠りに落ちた。

*

アラブに行くんだと言うと、相手が想像するのは二種類だ。七つ星ホテルがスカイラインを描く現代的な都市、あるいは映画「ボーン」シリーズで、ジェイソン・ボーンが屋根の上を飛んで走り回る土の家と、その間に垂れ下がる異国情緒漂う刺繡のカーテン。ここに来てからのジェウクが高層ビルのプールサイドでカクテルを飲み、カーテンのすき間に寝そべって水タバコを吸っている、そう思っている近くて遠い人たちに、どこから説明するべきか考えると頭が痛くなってくる。そういうわけで説明は省略することが多かった。

ジェウクの働くR公団は、この国の首都から五百キロ、第二の都市から四百キロ離れている。どこまで行っても砂漠しかないから、砂がひっきりなしに入ってくる高速道路と、その高速道路の端にあるゲートがすべてだった。複数のゲートで構成されている広大な公団地域だが、ジェウクの建設するプラントがプロジェクト第一弾のようなもので、ほかには何もなかったから、すぐに決まったゲートからしか出入りしなくなった。

ゲートの向こうにも異国情緒なんてものは一つもなくて、仮設建物とコンテナから成る事務所と宿舎でプラントを建設していた。電気と水、インターネット。それが何よりも大事だった。

「鉄と石だけで砂漠にプラントを造れ」

のちにジェウクが発見した一行きりの説明だった。

学生時代よりも早起きしなくちゃいけない。五時半ごろに集合して全員で軽い体操を終え、六時に仕事開始だ。

「体操って……大の大人が一緒になって体操？」

聞いた人はみんな驚いた顔をするが、個人的には運動する時間が不足しがちなので悪くなかった。午前中に現場を回って進捗状況を把握し、図面や文書といった作業をしていると昼寝の時間になる。昼間は日陰で四十度、日なたは五十度をはるかに上回るから昼寝タイムは必須だった。ジェウクのような事務職は二時間、現場で働くスタッフは三時間。お昼を食べ、暑さをしのぎながら横になって目を覚ますと、午後の業務がスタートする。大体この時間帯になると、午前中に見つかった問題のために工事チームが押しかけてくるから緊張する。

「図面が合ってないじゃないか。設計がめちゃくちゃ」

工事チームの面々はドアを開ける瞬間から怒っている。プラントは三兆ウォン規模のプロジェクトだ。一度のミスで数千万ウォンはもちろん、数億がパーになることもあるのだから神経質になるのも無理はなかった。一人ひとりの肩にかかる金額が莫大すぎた。プラント一つ建てるのに四十ヵ月を要するとなると、そのうちの二十ヵ月は設計に費やされる。

砂の地盤にプラントを固定させる基礎工事、大小の反応炉や原油を貯蔵するタンク、さまざまな装置の間を縫うように配置される配管ルートやポンプ類といった回転機器の位置、全体を支える鉄骨の構造、制御装置のための電気工事、オペレーターの空間……。考慮すべき案件が山積みだった。入社したばかりの頃は家に帰ってからも空気、窒素、スチーム、冷却水のルートがくねくねと頭の中に広がっていったものだった。しかも全設計チームが隅々まで綿密に計画を練ったというのに、施工の段階から信じられないほどの狂いが頻繁に生じた。実際に来てみると、当初の設計図面上には存在しなかったトラブルが毎日のように発生する。購入予定の資材が土壇場で買えなくなったとか、関係のない配管同士がぶつかったとか、どこから食い違ったのか、高さが合わないなんてケースもあった。原因でも突き止められればと思うが、たまにそれすらも不明なときがあった。

現場の設計者はトラブルシューターだ。学生時代からトラブルシューターって言葉が好きだった。クレー射撃みたいな風景を頭に思い描いていたのだ。空中でいろんな問題があんなふうに爽快に、粉々になったらいいのにと。設計チーム最年少のジェウクは、特に苦労が多かった。最初はそこまで言い争う必要あるのかと思うほど険悪ムードだった。いくつかの設計をめぐるトラブルを効率よく解決すると、ようやく工事チームと設計チーム間の激しかった対立が小康状態になった。結局はマウントの取り合いだった。ジェウクは知らなかったが、設計チームは工事チームをつねにさりげなく無視してきたし、工事チームは設計チームのことを、机上で図面を引くしかできないヤツらだと皮肉ってきた。相手チームの新入りいびりも伝統だったというわけだ。そのいじめから早めに抜け出せたのは不幸中の幸いだった。

図面をのぞき込んでいると、現場を回っていると、会議をしていると、ジェウクの視界は何度も赤くなった。サングラスなしでは前を見て歩けないほどまぶしい場所だったから、何か目に問題が起きたのだと理解はしていたが、症状が軽いときは赤い点があちこちに見え、ひどいときはセロファン紙を当ててたみたいに全体が染まる。その違いがどこから来るのかを知りたかった。毎日のコンディションとは特に関係がなかったから。

R公団で働くようになって二ヵ月、ついにジェウクはパターンを理解した。それはジェウクの外側に存在していた。設計図と実物のギャップや、施工ミスの危険が大きいほど視界が赤くなる、そう気づいたときには嘆声をもらした。いつからかジェウクの目にはトラブル感知器が内蔵されていたのだ。

これ、便利じゃないか、ジェウクは思った。

新しい能力に気づくのは最後になったジェウクだったが、新しい能力をもっとも多用したのもジェウクだった。

＊

ジェインが卒業した大学の博物館には、階段の下に一組のヘテ［想像上の聖獣で狛犬の起源とも言われる。ソウル市のマスコットキャラクター〈ヘチ〉のモデル］がいた。ひょうきんで素朴な外見の彫刻で、さほど大きくも目立ちもしなかった。価値や歴史があるわけじゃないから外に置きっぱなしなのだろう。ところがある日、ジェインの同級生がこんなことを言った。

「このヘテとジェイン、よく似てる」

むむ？　ジェインはヘテを眺めた。

「右？　左？」

「左」

言われてみるとそんな気もする。具体的にどこがと聞かれても答えられないけど。

「ヘテの目ん玉みたいに、私の目が節穴ってこと？」

「強いて挙げるなら鼻。ジェインの鼻って虎みたい」

「鼻か……ビミョーだな」

それでも鏡を見ると、なるほどと思った。卒業後は連絡が途絶えがちになったけれど、同級生は可愛いヘテの彫刻やキャラクターを見かけると写真を送ってきた。ソウル市の〈ヘチ〉関連ビジネスがうまくいかず、売れ残り山積み状態のぬいぐるみを目にするたびに気の毒になった。まあ、ソウルに上京したとき限定の話ではあるけれど。ヘテに共感するようになった自分に驚きだった。例えば節穴を意味する〈ヘテの目ん玉〉っていう表現が嫌いになった。社内食堂のヘテ似のおばさんが不親切だと課長が不満をこぼすと、思わずカチンときた。ヘテ顔の代表にでもなったかのようだ。

修士課程を修了してスタートさせた社会人生活は悪くなかった。それほど雰囲気は悪くない部署だった。五本の指に入るような大企業の事務所では、パーティション越しに罵声が飛び交うというのはよく知られた話だ。それは恥ずべき行為だとジェインは思っていた。いくら外見のきちんとした待遇の良い大企業だとしても、罵詈雑言が乱れ飛ぶようでは、まともな精神状態で働けないだろう。仕事中くらいは安定した空気の中にいたかったし、そういう面では職場に恵まれた。研究団地特有の雰囲気もあり、人間関係にも恵まれた。ジェインのチームは材料を研究するチームと、製品を作るチームの中間あたりに位置している。長時間にわたって効率よく光る照明を作るのが目標だった。課題がうまくいくと、自分たちの手柄にしようと心理戦をくり広げたりもするが、大きないざこざもなく有機的に働いている。好きな仕事だから夢中だった。本当に疲れたときはクッションの代わりに、スポンジサンダルを実験室の外に積んで仮眠することもあった。

大田はヘテ顔のお嬢さんが暮らすのに快適な場所だった。夜になると遠くに見えるエキスポ跡地のマンション群も素敵だったし、有名野球選手が住んでいるという大田スマートシティの明かりにも感嘆したものだった。研究団地と寮がある側は人通りもまばらで寂しげだけど、ルームメイトのギョンアと気が合ったので一緒によく出歩いた。ギョンアは父親の転勤で全国を転々としながら育ったが、高校時代を大田で過ごしたので、いいところを隅々までくまなく案内してくれた。ジェイン一人だったら知らないままだっただろう。

ギョンアはいつも口に何かをくわえているような愛らしい印象で、ライトブラウンにカラーリングした髪は、もともとの色より圧倒的に似合っていた。背はジェインより頭ひとつ低くて足首が細く、普通は腕にするブレスレットを足首につけていた。みんな研究員だからか服装が自由だった。所長もライダースジャケットで出社するくらいだ。推奨されている〈ビジネスカジュアル〉は緩めに解釈されていたから、二人は退屈するとショッピングして回った。季節ごとにルームメイトペアルックもそろえた。たまたま目に留まった中でいちばん笑えるTシャツをおそろいで買うのだが、よく週末はそれを着てふらふらしていた。ギョンアはSサイズ、ジェインは手足が長いのでMサイズだった。

「ジェンジェンってモデルみたい」

ギョンアは毎回うらやましがった。実際にジェインは世界的なファッションデザイナー、故アンドレ・キムにモデルとして選ばれかけたこともあった。ジェインは自分に満足していたけれど、世の中のタイプはギョンアみたいな可愛い子だろうと思っていた。

「あんたね、そんなことしてると、死ぬまであの子と暮らす羽目になるよ？」

お母さんはギョンアを可愛がってはいたけど、ギョンアの話題になるたび不安がった。自分は無残なまでに結婚生活に失敗しておきながら、どうして娘は成功すると信じているのか理解に苦しむ。ギョンアには遠距離恋愛中の彼氏がいると教えてあげると、もっと不安がった。

「豆粒みたいにちっちゃいのに、中身はちゃんとつまってんだね。お前はどこまでもぱっさぱさ。この、すかすか女が」

お母さんがギョンアを豆粒みたいと評したのが面白かった。二人の背の高さはあまり違わなかったからだ。豆粒みたいなギョンアと、まめにあちこち回った。だいたいの場所は大田から三時間以内で行ける。一泊旅行のスタート地点に最適だった。日帰りで行ける場所も多い。安眠島《アンミョンド》の静かな海水浴場や温泉地の水安堡《スアンボ》、峠道が有名な聞慶鳥嶺《ムンギョンセジェ》、鶏竜山《ケリョンサン》にも行った。鶏竜山は東側の東鶴寺《トンハクサ》よりも、西側の甲寺《カプサ》のほうがひっそりしていて散歩向きだった。二人の大のお気に入りは錦山《クムサン》にあるハヌルムルピッ庭園だった。お母さんはほとんど運転しないから、お母さんの車を大田に持ってきてドライブに利用していた。

大田の中心街に出るときは駐車が面倒なのでバスを愛用している。ジェインは徐々に〈テジョラー〉になっていく自分を感じた。ギョンアの紹介の仕方もまた楽しかった。

「あそこのトッポッキはね、カプサイシンの味ばっかりでコクがないの。本当においしい店を教えてあげる。スープトッポッキはどう？」

「便秘がひどいときは科学館の地震体験マシンに乗るといいよ。ほんとだって、次の日にはてきめんだから」

「エキスポ橋の隣でビールを飲むのにいい夕暮れじゃない？」

「あのマクドナルドはね、はじめて好きになった男の子と明け方に行ったところなの」

「あそこのパン屋は定番メニューじゃないほうがおいしいよ」

「市立美術館も素敵だけど、その隣にある李應魯《イウンノ》美術館は絶対行かないと」

二人は女子高生のように中心街をうろついた。おいしい店や散歩コースの地図が頭の中にできあがった。ギョンアがいなくても、大田にいるのが自然でリラックスできるようになった。ソウルで生まれ育ち、この先もソウルで暮らすとばかり思っていたから、大田に慣れ切った自分を不思議に思うときもあった。軽やかで心地良い感情だった。

今も不夜城みたいなソウルを懐かしく思うことはある。残業して遅くなり、人通りのまばらな道を一人で歩くときなんかがそうだった。その代わりと言ってはなんだけど、眠りはかなり深くなった。疲れているせいもあるだろうけど、ソウルよりも照度の低い都市では睡眠の質が上がった。早朝の騒音もほとんどない。ジェインは大田の端で熟睡し、朝ご飯をもりもり食べた。実家にいたときよりも元気に暮らしている自分に感心していた。そういうわけでソウルに帰る週末はどんどん減っていった。

＊

ジェフンとお母さん、二人きりの共同生活はあっという間に幕を閉じた。お母さんに高校生の面倒をみるエネルギーはなかったし、ジェフンにはお母さんの気分の浮き沈みが耐えられなかった。ある日、お母さんは新聞に載っていた交換留学プログラムの広告を見ると、相談もなく即行で申しこんでしまった。信用のある大規模なプログラムだそうだが、ジェフンは呆れてしまった。来月すぐにアメリカへ発て、だなんて。

「そうやってホームショッピングで商品買うみたいに、僕の一大事を決めるなんて！」

「悩んだ末に決めたんだってば。お前は長期休みになると寝てばっかりじゃないか」

「どこが悩んだ末だよ、たった一日で決めた衝動買いだろ。いくら僕のことが面倒だからってさ、高齢出産したんなら、それだけの責任を取れってんだよ！」

「お母さんに向かって、なんて言い草だ！」

しばらく激しい応酬が続いたが、考えてみるとそこまで悪い話でもなさそうだった。ジェフンの中学校時代の友達も海外にいる子は多い。学校は好きだったけど、あくまでも社交の場としての話だ。だからお母さんとは休戦し、おとなしく交換留学生としてアメリカに行くことにした。

問題はどこもジェフンを受け入れてくれない点にあった。正確に言うと東アジアの男の子を望むホストファミリーがいなかった。主催側がペアを決めるのではなく、ホスト側が生徒を選ぶシステムだった。せっかく心を決めたというのに、がっくりこないはずがない。女の子たちは大理石の柱が立派なロサンゼルスの大邸宅、ニューヨークのロフトなんかに、よくもまあ当選していくというのに、夏が終わる頃になってもジェフンを選ぶ家は現れない。以前プログラムに参加した男子たちは一体何をやらかしたのか、自己管理もできず、非協力的だという評価が下されていた。

「行く前から差別されてんじゃん。なんだよ、これ」

ジェフンが糾弾するや、久しぶりに実家に戻っていたジェインがふんと鼻で笑った。

「あながち間違ってもないでしょ。あんたがバスルームの前に脱ぎ捨てたきったない下着とか、洗面台に置きっぱなしの使ったフロスとかって、一緒に暮らしてたとき、ものすごいストレスだったもん。後片づけができないのも、あそこまでいくと病気だよ。大事な大事な息子ちゃんって甘やかして育てるから、海外で歓迎されなくなるんだよ。共同生活できないほどの低評価だなんて、みっともないったらありゃしない」

「あたしがそういうふうに育てたって言いたいわけ？　あれがそういうふうに大きくなったんだろ。お前も適当なこと言うんじゃないよ」

お母さんが割りこんできた。

「お母さんもそうだったよ。あの子は何もできないからって、何もさせなかったじゃない。できなくても、やらせて教えるべきだったね。お母さんだけがそうだってことじゃなくてさ、ほんとに韓国の母親はポン・ジュノ監督の『母なる証明』を三回は観たほうがいいって。母親と息子の関係って病的なんだもん」

「うちは必ずしもそうとは限らないだろ」

ジェフンは悔しかった。バスルームをきれいに使えてなかったのは事実だけど、配慮がないっていうより、登校前の慌ただしさで注意が散漫になっていたからなのに、お姉ちゃんは毎回かんかんに怒った。後始末ができないとか、やたら失敗するのは、お姉ちゃんには備わってる強迫観念がジェフンにはないからじゃないか、ある程度の強迫観念は達成度にポジティブな影響を与えるんじゃないかと考えた。

このままホストファミリーから選ばれず申しこみをキャンセルして、二学期も韓国で学校に行くんだろうと思っていたのに、締切間近になって連絡があった。ジョージア州のヤギ農場がジェフンを選んだそうだ。

「ジョージア?」

検索してみると、南北戦争の時代に奴隷制度を最後のほうになくした保守的な南部の州だった。サウスの中でもディープ・サウスな地域だそうだ。

「ヤギ農場？」

ジェフンは動物園でしかヤギを見たことがない。メールでもらった住所を衛星地図に入力してみると、農場か何かわからないダークブラウンの屋根しか見えなかった。いくら画面をドラッグしても、本当に何もない町だ。目を皿のようにしても高層ビルは見当たらない。

「エレベーターがないじゃん！」

だから何よ、お母さんがきょとんとしてジェフンを見つめた。その乾いた眼差しにジェフンは思った。病的な愛情か、一度くらいは経験してみたいもんだ。

友達と急きょ送別会を開催し、愛用していたエレベーターとも別れの挨拶を交わし、三日で荷造りしてジョージアにやってきた。着いてからくたびれたTシャツしか持ってこなかったことに気づいた。

——お姉ちゃん、服を買って送ってくれない？

――綿花の産地にいるのに、なんで韓国の服を着ようとするの。そっちでメイド・イン・USAのコットン買いなよ。

ホストファミリーはお姉ちゃんより一歳下の同い年夫婦だった。子どもはいない。夫のロンはもうすぐ米軍の通信兵としてイラクに派兵される予定で、妻のケイラが残って農場の世話をするそうだ。二人とも強い日差しの下で過ごしているからか、実際の年齢よりも老けて見えた。ジェフンはハッとした。ここでは日焼け止めクリームをちゃんと塗らなきゃ。これまでお姉ちゃんやお母さんが買ってくれる化粧品はほっぽらかしだった。一年間ジョージアの日差しを浴びたら二十代に見えるようになるかもしれない。

農場はひと目で小規模だとわかった。生まれてはじめて見る七面鳥が何羽か歩き回っていて、ヤギ小屋とウサギ小屋はまあまあ大きかった。なんと馬も一頭いた。アメリカに来る前に想像していた企業タイプの農場とは大違いだった。

「ヤギは食用ですか?」

「食べもするけど、メインは乳しぼり」

「ウサギは?」

「ウサギは食用」

「馬は？」

「馬は食べないでしょう」

ロンおじさんが犬のつながれている場所に連れていってくれた。黒いのが三匹いる。伏せていた一匹が立ち上がったが、その大きいことといったらジェフンの胸まであった。興奮して引っ張るせいで、つないでいる杭が地面から抜けそうなほどぐらついていた。

あ、これ知ってる。これ見たことある。あれだ。ドラマの『スーパーナチュラル』に出てくるヤツ。ケルベロス！

ジェフンは思わず後ずさりしていた。

「まだ慣れてないからだろう。何日かすれば、つないでなくても大丈夫になるから。怖がることはないよ」

三匹のうちの一匹はプードルだそうだ。ジェフンははじめて知った。これまで自分が見てきたプードルはミニチュアプードルだったことを。本物のプードルは別にいた。毛の手入れをちゃんとしていないから、ものすごく野性的だった。ほとんど熊だ。

数日が過ぎてもジェフンと犬が仲良くなれないのを見ると、おばさんとおじさんは近くの農場から子犬を連れてきた。そこまでしなくてもいいのに、この地域では犬を連れてくるなんてどうってことないらしい。子犬とは言っても元々がデカい犬種だから、ものすごく小さいわけではなかった。

「ほら、どう、この子なら小さいでしょ。これなら仲良くなれるよね？」

少しは勇気が出そうだったのに、その日の夕方、ケイラおばさんがその犬に嚙まれて救急室に行った。やっぱりジョージアの犬と仲良くなるのは簡単じゃなさそうだ。

＊

——お兄ちゃん、ヤギのおちんちん見たことある？

寝ていたのに変なメッセージで起こされた。弟はいまだに時差の計算ができていないに違いない。無視して寝ようかと思ったが、ジェウクは返信してやることにした。

——ない。なんで？

——マジで変な形してる。うわー。

——どれも似たようなもんじゃない？

——違うって。赤くてぐるぐる丸まってんの。

――不思議だね。

寝ろ、弟よ。寝るんだ。ジェウクはどこでチャットを終わらせるべきか悩んでいた。寝る時間も惜しいくらいなのに、ヤギのおちんちんの話なんてしたくなかった。

――写真撮って送ろうか？

――いや、別に。

――なんか、僕だけ見たっていうのが悔しい。

――元気でやってるか？

――うん、猫が二匹いるんだけど、しょっちゅう僕のベッドで寝るんだ。だけど昼間は農場にいるんだよね。だから色々と毛にくっつけてくるみたい。体に変なじんましんが出てさ。写真撮って送ろうか？

――いや、俺が見たってどうにもならないだろ。薬は塗ったのか？

――薬は塗った。

――効いたか？

――かゆみが少し治まったみたい。

――それなら、すぐに良くなるよ。もう寝な。

——お兄ちゃん、寝てたんだね。おやすみ。

やたら変な写真を送りつけてこようとする弟の攻撃をかわしていたら、眠気が覚めてしまった。もう眠れそうになかった。弱めとはいえエアコンをつけて寝たのに、起きてみたら全身汗びっしょりだった。太陽の出ていない時間帯も前日の熱気が残っていた。来たばかりの頃はシャワーを何度も浴びるせいで肌がひび割れるほどだった。いまだにそうしている人もいるが、ジェウクは早々に諦めた。諦めたら気が楽になった。少々の汚さは気にならなかった。自分の体臭、他人の体臭すらもへっちゃらになった。

宿舎に戻って気絶したようにひたすら寝ていた時期は過ぎ、仕事が終わると足球《ジョック》［足と頭だけを使って相手コートにボールを返すスポーツ。四人ずつのチームで対戦する］やポーカーをするようになった。足球はまた汗をかくのでポーカーをやることが多かった。たまに現場の所長やプロジェクトのマネージャーが合流すると賭け金がぐっと上がる。水代と称して五十万ウォンほどの現地通貨が毎月支給されていて、それが主にポーカーの賭け金に回されていた。ジェウクも、韓国では一ヵ月分の生活費に相当する金額を賭けることがあったが現実味がなかった。金を使う機会のない場所での金は感覚が違った。現地と韓国両方の通貨が入り交じって行ったり来たりするのを見ていると、ボードゲームで使う偽物のお金のような気がしてくる。幸いジェウクは大負けすることもなく、たまに稼げてもいた。

ひとしきりポーカーに興じてから部屋に戻ると、ドアに付せんが貼られていた。小包を引き取りに来るようにという内容だった。到着していることに気づかずに何日も放置していたようだ。それもそのはず、はじめて受け取る荷物だった。中身の価値より配送料のほうが高くつくに決まってる、よほどのことがないかぎり送らないでくれと、家族や彼女には言ってあったので意外だった。すぐ取りにいこうかと思ったが、時間が遅すぎる気がして思いとどまった。メモアプリのTo Doリストに小包引き取りを追加しておいた。送り主はおそらく彼女だろう。

でも翌日に手の空いたタイミングで取りにいった小包は、送り主も内容物もジェウクの予想とは違っていた。知らない住所から送られてきた、ほとんど空っぽの段ボール箱には、エンボス紙で二重に巻かれたレーザーポインターが入っていた。同封されている名刺より少し大きめの紙にメッセージが書かれていたが、さっぱり意味がわからなかった。

そうあるだけだった。これは誰かの面倒ないたずらか。ジェウクがいたずら好きな人間でなくなってしまったから、その欠落した部分を呼び覚まそうとしたんだろうか。ユーモアのつもりだったとしたら、一つもキャッチできなかったから失敗だな。かすかに見える送り主の住所は忠清南道《チュンチョンナムド》のどこかだったが、後ろの部分が消えている。ジェウクは箱を捨て、レーザーポインターとメッセージを内ポケットにしまった。そして忙しい一日が続いた。

夕飯を終え、ようやくレーザーポインターの存在を思い出した。コンテナの宿舎にはバルコニーなんてものはなかったから、換気扇の横にある狭い窓を開け、砂漠に向かってレーザーを発射した。思ってたよりも強力に伸びていった。誤って発射したら目を怪我しそうだ。こんなものが規制もなく販売されてるなんて、慌てたジェウクはどこの国で作られたのかとレーザーポインターをくまなく見たが、なんの表示もなかった。それでも、眠れない夜はどこまでも太い線が進んでいくレーザーに自然と手が伸びるようになった。その日からジェウクは送り主不明のレーザーを、砂漠の果てやよくわからない星座に向かってひっきりなしに撃ちこんだ。絵を描くように振ることもあった。

＊

ジェインも小包を受け取った。ジェインの場合は、開けた瞬間からいたずらだとは思わなかった。中に爪切りが入っていたのだ。爪切りを握りしめて急いでトイレに走る。個室に入って素早く試してみると切れた。思わずうるっときてしまった。実験用の手袋は簡単に穴が開くような代物じゃないのに、指先の部分が破けそうなほど爪が伸びてストレスだった。若い女性はそんなに伸ばすんだ、ランチを一緒にした部長が何気なく言ったことがあったが、褒めている声のトーンじゃなかった。ついに爪が切れる。誰かがちゃんと切れる爪切りを送ってくれた。

誰が？

安堵が一段落すると、今度はハッとした。誰が、私の爪問題を知っているというのだ。誰にも言ってないのに。本当は十本すべての爪を切りたかったけど、ぐっと我慢して席に戻る。カーディガンのポケットに入れた爪切りが消えてしまいそうで、小指にチェーンを絡ませて握った。

席について今度は仔細に箱を眺めると、小さなオフホワイトの紙が一枚入っていた。

Save 1.

爪切りメーカーの名前ではなさそうだ。偶然入りこんだにしては紙が高級すぎる。レストランのメニューに使われるような紙だった。箱に書かれている住所を検索してみる。まだ切れてない長い爪がキーボードを引っかく音が耳障りだ。該当する場所には建物がなかった。道路脇の空き地だった。適当に書いた住所のようだ。退勤時間まで仕事がはかどらなかった。

家に帰るとすぐに全部の爪を切った。硬かったけど折れることもなく、月の形をした爪の破片が落ちた。切るっていうより切り取るに近かったけど気分は最高だった。爪の下の柔らかい皮膚を指同士でさすってみた。この爽快さに満足したらダメ、考えなくちゃ、薄いジャケットを再び手にした。

ジェインには秘密のシンキング・プレイスがあった。大田の人なら笑ってしまうかもしれないがエキスポ科学公園だった。研究団地からは車で二十分ほどの距離だ。大田エキスポを覚えている人が見たら寂しくなるほど、古びて生気がなくて時間が止まっている場所だけど、そのほうが考え事をするには良かった。広い駐車場に車を停めると、エキスポのマスコットキャラクターだったクムドリが出迎えてくれた。子どもの頃、クムドリがサーフィンをしている小さなキューブを持っていた。密度の異なる液体を使って海を再現したおもちゃで、大のお気に入りだった。あの小さな海はどこに捨てられたんだろう。捨てた覚えもないのになくなった。あんなにたくさん生産されていたクムドリのグッズが、今はどんな運命を迎えているのかと、たまに気になる。

　入口から歩いてもう少し中に入ると、顔を無残にもぎ取られた恐竜が見える。どうせ公園のリモデリングは目前だからと、そのまま放置してあるようだ。恐竜についての新たな発見、例えば鮮やかな色彩や羽毛は最近の模型だと反映されているのか、そういうことも気になる。恐竜を通り過ぎると、よそよそしい顔つきで立っているキュリー夫人、ぼうっと座っているニュートン、巨大な黒電話に頬杖をつき、どうしてか少し浮気者っぽい顔をしているベル、ぎりぎり前だけ隠した姿で、石の浴槽から力強く出てくるアルキメデスが現れる。ＴＥＣＨＮＯＰＩＡ《テクノピア》館の〈Ｃ〉と〈Ｏ〉の凹んだ部分には鳥が巣を作っていた。開いている館はいくつもなく、展示品もほとんどが故障していた。それでもエキスポ橋とハンビッ塔を見ればうれしく懐かしい気持ちになったし、かなり前に閉館したサビだらけの遊園地は大田のカップルのホラーデートコースとして人気があるそうだ。エキスポ公園の撤去が何度も延期になり、ジェインとしてはお気に入りの散歩コースを使い続けていられるわけだが、それもあと少しのようだった。この広い敷地をこのまま放置してはおけないだろうから。いつか工事が本当にスタートしたら別れがたく思うはずだった。

空き地に設置されたキッズプールも先週までのオープンだったので、人影は普段よりもまばらだ。ジェインは歩いた。知らないうちに雨が降ったのか、少しぬれた地面が乾きつつある。昨日までの問題は手に負えないほど強力に育った爪だった。今日になって誰かわからない人物が、どこかわからない場所から爪切りを送ってくれたので、その問題は解決した。完全に解決したというには不十分だけど、ひとまずは。

心の中で不安げに揺れているものの正体はなんだろう。胃壁を引っかくような、何かが足りないような感覚はどこから来るのだろう。何度も髪を結んでほどいた。手首につけていたヘアゴムが伸びてしまっていたので、何度も結び直した。いつの間にか髪がかなり伸びていた。毛量が多いジェインの髪は長くなるだけでなく、横にも広がっていく感じだった。ソウルの実家の近くにある、小さい頃から行きつけの美容院を思い返した。大田に慣れてからも、美容院だけはそこに通い続けている。二、三回ほど大田で切ったときは浮気した気分になった。

ハンビッ塔をゆっくりと回ってくるとモノレールを見上げた。子ども時代にお母さん、ジェウクと一緒に乗った、あのモノレールだ。お母さんが二人の手を引いてエキスポに連れていかなかったとしても、それでも実験クラブに入り、コンクールに出場し、材料工学を専攻したはずだ。大きな違いはなかったと思う。人生を一変させるような経験ではなかった。でも大切な記憶だ。記憶だけは撤去されない。

結局ジェインにできること、やるべきことは実験じゃないだろうか？　でも、どんな実験をしたらいいのか混乱していた。Save 1、詳しい説明の一切ない、単純なメッセージだった。単語が一つと数字が一つ。ファイル名みたいだ。もし何かの指示なら、はっきり書いてくれたほうがありがたいんだけど……。

そのとき頭の中で何かがきらりと光った。クムドリの頭についてる星みたいに、きらりと。

切った爪。

切った爪でどんな実験ができるかな？

*

一学年に十八人しかいないキリスト教の学校だった。ジェフンの知らない天使の名前が学校名だった。もちろん生徒たちは天使とは程遠かった。

勉強についていくのは意外にも大変じゃなかった。まだ言葉はうまく話せなかったけど、授業を聴いたり、テスト問題を読んだりするのは、大きなトラブルもなくこなせた。韓国のほうが進度の速い数学はもちろん、アメリカ史まで一位になったときは、ちょっとびっくりした。アメリカの子は大学から勉強をはじめるって聞いたけど、ほんとにそうなのかな？　数学はそうだとしても、アメリカ史はお前たちのほうが点取れなきゃダメじゃない？　色々と疑問が多かった。一位になったと報告したらお母さんは喜んでたけど、お姉ちゃんは〈すっごく小さい学校なんだから勘違いしないで、もっと頑張りなよ〉と小言を送ってきた。

成績が良かったから偉そうでムカつくと思われたのか、話に聞いていた人種差別なのかは不明だけど、誰もジェフンとランチを一緒に食べてくれない。一ヵ月ずっとひとりぼっちだった。一人ランチほど憂鬱なものはないってぼやいたら、今度はお兄ちゃんが〈俺は一人のほうがいいけど〉と、一つも共感できない返事を送ってきた。

それなのに数人の生徒がいきなりやってきて、アメリカンフットボールのチームに入らないかと誘ってきた。選手だった子が干し草を切る機械で足の指を切断してしまい、試合に出られなくなったと言うのだ。欠員を補充できないと地域のリーグ戦に出場できないから、ジェフンに参加してほしいという頼みだった。足の指を三本も切断したって言うけど、その子は学校にちゃんと来ている。普通に歩いてもいたから靴下を脱がせてみたくなるほどだった。アメリカンフットボールは全然知らないから何度も断ったのに〈その場に立ってパスだけしてくれればいいから〉と先生まで強く勧めるので、結局チームに合流することにした。このまま断り続けたら学校生活が面倒くさくなりそうだった。

午後になると練習に参加し、プロテクターも受け取った。体のあちこちにパッドを入れると筋肉みたいで、鏡を見た瞬間は気分が良かったけど、フィールドに立つと、すぐに気が遠くなって死にたくなった。混乱状態のまま最初の試合に出場した。近隣の住民も応援に来る大きなイベントだ。ケイラおばさんも来てくれた。ライトに照らされた競技場がカッコいいなとため息をついた瞬間、初のタックルをお見舞いされた。練習のタックルと、相手が体を吹っ飛ばしにくるタックルとではレベルが違いすぎた。肩で太ももに突っこまれて骨が折れるかと思った。

――トラックにひかれた気分だった。試合の中盤で相手チームの選手の首が折れた。ジェフンはその日の夕方、痣《あざ》だらけの体を見下ろしながらお姉ちゃんにメッセージを送った。

――はあ？　そんな危険なことをあんたにやらせるの？　やめるって言いなよ。

――僕がいないとチームが試合に出られないんだ。小さい学校だから人が足りないんだって。

――高校生の試合がそんなに危険なわけ？

――いつも救急車が待機してる。二人も倒れちゃってて起き上がれなくてさ、応急処置してる間は観客が祈ってくれるんだよ。みんなでがやがやお祈り捧げて、倒れた子は悲鳴あげて……。

――どうすんのよ。

――リーグ戦だからまだまだ試合が残ってんだけど、どうしようか？　韓国に帰りたい。お母さんに話してみてよ。

――でも、アメリカンフットボールが怖くて帰るなんて言えないでしょ。

――もっとひどい話しようか？　あいつら、アメフト無理やりやらせたくせに、相変わらずご飯は一緒に食べてくれないんだよ。

――今も？　ひどいね、それは。ほんとひどい。女の子に話しかけてみなよ。女の子のほうが親切なんじゃない？

――お姉ちゃん、考えてもみなよ。韓国語でも女子にうまく話しかけられないのに、英語で声かけられると思う？

ジェフンは頭を使った。せめて練習相手くらいはと、タックルがそれほど痛くなさそうな子を選ぶことにしたのだ。学校で唯一の黒人の生徒で、部員全員がシックスパックを誇る中、ぽっちゃりワンパックな腹部の持ち主だった。背はジェフンよりも高かったけど体形は似ていた。まだましだろうと、練習の列に並ぶときは彼の前に立つようにしていたのに、浅知恵も空しく吹っ飛ばされてしまった。確実に二回転半はしたはずだ。どうして同じワンパックなのに、ここまで威力に違いがあるのか訳がわからない。それでも怪我しないようにうまくタックルされたらしく、どこも折れてはいなかった。まるでアニメみたいに転がった経験を興奮して家族に話したら、人種に対するステレオタイプを煽るのも差別だと、お姉ちゃんにこっぴどく叱られた。

とにかく転がったおかげで、一人ランチの日々は終わりを迎えた。翌日に惨めなほどうずく体でランチを食べていると、見慣れない男子生徒が隣に座った。毛羽立ったチェックのシャツを着た、がりがりの男の子だ。レトロな感じの大きくて角ばった金属フレームの眼鏡をかけていて、わざとそういうフレームを選んだのか、単に垢《あか》抜けないだけなのか区別がつかない。服の毛羽立ちが本物なのか、わざとウォッシュ加工したのか区別が難しいようにだ。男の子はテイトだと簡単に自己紹介すると話しかけてきた。

「昨日、サムとぶつかって吹っ飛んでたよね」

最初はわざとゆっくり話してくれてるんだと思ったけど、テイトは元々話すスピードが遅かった。そして椎間板ヘルニアでチームに入れないんだ、代わりに参加してくれてありがとうと続けた。椎間板ヘルニアじゃなかったとしても、あんな試合にテイトみたいな骨と皮だけのがりがりが紛れこんだら、それこそ一大事になる気がした。テイトは卒業したらお金を貯めてアジアを旅したいそうで、食事の間もあれこれと尋ねてきた。ついにジェフンにも一緒にランチをする友達ができたのだ。

テイトは近所に住んでいるというギャビーとフィービーも紹介してくれたけど、二人はスタイルがそっくりだった。ポニーテールがよく似合い、鼻先がちょっと日に焼けている。

ジェフンは学校に行く意欲が少し湧いてきた。

農場に戻って送り主不明の小包を受け取ると、中にはネックレスのチェーンに通された、何を開けるのかわからない鍵が入っていた。小学生じゃあるまいし鍵のネックレスかよと思ったけど、同封されていたメッセージはすぐに理解できた。

Save 3.

ジェフンには友達が三人しかいない。ヤギ三匹って意味じゃなければ、彼らを救えという以外に解釈のしようがなかった。でもエレベーターもないこの平坦な町で、何からどうやって救ったらいいのかは見当もつかなかった。

＊

たまに病む夜がある。そんなときは必ず事故の夢を見た。実際のジェウクに事故の記憶はなかったから、それが本物なのか、痛みに反応して脳が作り出したイメージなのかは判断しかねた。

ジェウクはお父さん似で、ものすごい直毛だ。髪のスタイリングがなかなか決まらない。二十歳のときにパーマを試してみたら、みんなに「あ、ストパーかけたの？」と訊かれて金の無駄に終わった。美容師はジェウクの毛質を〈ハサミが弾かれる〉と評した。子どもの頃に連れられて床屋に行くと、ジェウクの髪もハサミが弾かれると理髪師がこぼすのを聞き、お父さんはなぜか少しうれしそうにしていた。友達のお父さんはおでこが広くなっていく息子を見て喜んでたそうだから、父親っていうのは大体が変なことに喜びを見出すらしい。大きくなってからは、いかなる喜びも共有できない状況になったけれど、数年前に夫婦ゲンカの仲裁で実家に立ち寄ったというのに、お父さんがそっとポマードを勧めてきたことがあった。ポマードはたやすく使える代物ではない。また流行したとしても使おうとは思わなかった。

そして、ついにカットが本当に上手なところを見つけた。男性の美容師が一人で営む、町の小さな美容院だった。不思議と髪が落ち着き、特別にスタイリングしなくてもスタイルが決まった。美容師は手入れの行き届いたヒゲの持ち主で背が高く、トップスをビミョーに短く着るので、たまにおへそが見えていた。若かりし頃は芸能人の専属だったと、色とりどりのアロエみたいな頭をした昔のアイドルの写真を見せてくれた。その素晴らしい腕前が垣間見える作品じゃないのが残念だった。ジェウクの満足度に比べて客が少なく、いつでも予約できた。どうして閑散としてるのか気にしたこともなかったけど、お母さんが教えてくれた。

「あそこは女装した男が行くショップなんだって」

「そんなはずが」

「いや、ほんとだってよ」

「お母さん、見たの？」

「そうじゃないけど」

「そんな限られた客層だけでやってける店なんてあるわけないだろ。男が一人でやってるからって、誰かが話をでっち上げたんだよ。それに女装するなら髪が伸びるまで時間がかかるから、ウィッグのほうが楽なんじゃないの？」

どっちでもよかった。本当に女装する男性のアジトなのに、察しの悪いジェウクが通い続けていたのだとしても、オーナーが煙たがる素振りをしたわけでもないのだから構わないじゃないかと思ったのだ。髪がちゃんと切れればそれでよかったから、月に一度ずつ出向いていた。

そして最後に行った日、二・五トントラックが壁をぶち破って突っこんできた。美容院は丘の下にあり、トラックは丘の上からノーブレーキで下りてきた。運転手は死亡、美容師は命を取り留めたものの意識が戻らず、ジェウクはいちばん奥の席に座っていたのでなんとか助かった。右の手足が折れ、脳の手術まで受けることになった。半身を覆い尽くすとてつもない傷跡が残り、手術とリハビリに一年以上を要したが、その時期の記憶はごちゃごちゃでとぎれとぎれだ。あとで聞いた話では、ブレーキの故障でも飲酒運転でもなかったそうだ。心臓麻痺や発作の痕跡もなかったという。怨恨の線について証言を聞けるのは美容師だけだったが、最後まで意識は戻らなかったので、ジェウクは説明のつかない不運に見舞われたと、その失われた一年をまとめるしかなかった。

大変な思いをして回復したジェウクは、しばらく納得のいくヘアスタイルにしてくれる美容師と出会えなかった。手入れが面倒だったから、夜にシャンプーして翌朝はニットキャップをかぶり、出かける準備をした。そうやって上から押さえつけると少しましになった。幸いヘアスタイルで面接に落ちたりはしなかったし、現場ではヘルメットを着用するから楽だった。長くなりすぎるとインド人で作業班長の一人であるサンジェイが、小さい頃に習った美容の技術で適当に切ってくれる。彼の部屋は非公式の理髪店と化していて、客のメインはインド人スタッフだったけど韓国人もかなり訪れていた。同じ名前の現地スタッフが何人かいるので、最初は部屋を間違えたりもした。

「どういうわけで怪我を？」

髪を切ってくれたサンジェイが手術跡を見て尋ねた。何度目かの散髪で訊いてきたということは、ずっと気になっていたのだろう。仕事と関係ない英語を使おうとすると、長く時間のかかる説明になった。

「でも女たちは傷跡のある男が好きです」

サンジェイが慰めるような言い方をした。

「そうですか？　よくわからないけど」

ジェウクと恋人の関係は複雑な数年間を経過中だった。ちょうどつき合い始めた頃にジェウクが事故に遭った。その次はお互いの卒業と就活があった。むしろ多忙だったから交際が続いたのかもしれない。二人とも就職が決まり、ジェウクはすぐに海外勤務になったから、つき合って数年になるけれど中身があまりに貧弱だった。その空白の部分を埋める方法がわからなくて、ジェウクは途方に暮れていた。

「どんな人ですか、彼女は？」

サンジェイが再び尋ねた。

「えっと……ヨガが得意です」

しょうもない言葉が飛び出した。インド人に、俺の恋人はヨガが得意だと自慢するなんて呆れた話だ。サンジェイが明るく笑った。幼い頃に移民としてやってきて、大きくなるとすぐに仕事を始めたから、ヨガや、それに似たようなものも一切知らないそうだ。そういう事情はジェウクも知っていた。産油国で肉体労働をしている人はみんな移民だ。きつい労働に長いこと苦しめられてきた彼らは、できるだけ体を酷使しないようにする。反対に韓国の管理者たちは周知のとおりせっかちで、インド人労働者との間に細々した諍《いさか》いが絶えなかった。そういうときサンジェイは、時々ジェウクに向かって眉毛で挨拶してきた。今は雰囲気が険悪だけど、それでもキミのことは嫌いじゃないよ、そんな雰囲気で。

二人はタバコ仲間になった。砂漠で吸うタバコの味は格別だ。免税店で買ったから余計にそう感じるのかもしれなかった。帰国したら禁煙しようと心に決めていた。サンジェイの出生地ではあるけれど、今はもう彼の記憶から薄れつつある都市を地図アプリで見つけると、ジェウクはその方向目がけてレーザーを発射した。サンジェイがまた明るく笑った。

大きな声は出さず、にっこり笑う男だった。

＊

よくわからないけど、これはヒジョーによろしくないのでは。

ジェインは顕微鏡をのぞきながら、消化できない情報を消化しようと奮闘中だ。切り取った爪には細胞壁があった。液胞もあった。あってはならないものが見えた。動物細胞にそんなものあったらダメでしょ。

どうして爪が植物なのだろう。

見た目はごく普通だ。席に戻ってからもしばらく爪をこすってると、ギョンアがそれを見ていたらしく、ランチタイムにそっとハンドクリームを貸してくれた。爪に染みこみはするのだろうか、ジェインは長いこと表面をのぞき込んだ。これは私の爪じゃない。私の爪があったところに植えつけられた、完全に別の何かだ。違和感を覚えたが、ぐっと飲みこんだ。ぐっと飲みこむのは上の子の特技だ。これが植物細胞だとしたら、何ができるかな？　何かに有利に働くはず。ジェインの考えでは、自分に起こっている事態には何らかの意図があった。ものすごく明らかな意図が。植物細胞じゃなくてはいけない理由もあるはずだ。

例えば培養が簡単だとか。

いい角度で近づきつつある気がする。強度も硬度も半端ないこの爪は、ジェインの指先に存在するだけでは、なんの使い道もない。たった一人の指先なんてあまりに狭すぎる。今から武術を学びでもしないかぎり、ただここに張りついているだけの存在になってしまう。矢じりみたいな武器を爪先でぱちんぱちんと弾き返す想像を一瞬してみたりもした。

実験室と機器が必要だ。垂直気流方式のクリーンベンチがいるし、滅菌機もいるし、もう一度誰かに栄養培地の作り方を習う必要もあった。大学を卒業してからやったことがなかった。ジェインは研究団地に散らばっている先輩、後輩、同期の顔を思い浮かべた。誰か一人くらいはジェインに必要な機器のそろった場所に勤務しているはずだ。携帯電話の連絡先をゆっくりと下げていく。こんなことになるとわかっていたら、もっと集まりなんかに顔を出しておけばよかった。みんな、誰かを通じてつながっている。見つけるのはそんなに難しくないはずだ。

それよりもジェインに必要なのは時間だった。疑いの目を向けられることなく、この問題に没頭できる時間が。いくら雰囲気が自由とはいっても、仕事じゃない実験ができるほど緩くはない。強制された残業がないからって、夕方の時間を丸ごと好きに使えるわけではない。万が一おかしなことが起こってバレたときのカムフラージュが必要だった。それは予想外に早く見つかった。しかもジェインの悩みを一気に解決してくれるカムフラージュだ。

社内のイントラネットに〈一人プロジェクト支援案内〉が告知されたのだ。一昨年からできた制度だ。一人プロジェクトを会社が支援し、その成果で収益が出れば分け合う。うってつけだ。他人の目は簡単に避けられるし、いま担当している業務から外れても問題ないなんて。

ジェインは企画書を書き始めた。何がいいだろう。会社が好きそうなプロジェクトじゃないと。それから失敗する可能性が高いプロジェクトにしないと。成功する確率が高いかもと、誰かが首を突っこんできたりしたら困る。失敗するための企画書なんてはじめてだし、そんなものを作っている自分が信じられなかったけれど、思ったよりもすらすら書けた。体内のある器官にぎっしりつまった嘘が、一気にあふれ出たみたいだった。お父さんに似たんだね、そっくりだ。お父さんのことを怒りの感情なしで考えるのは久しぶりだった。適度な皮肉は健康に良いのかもしれない。企画書は二日で完成した。〈ウェアラブルデバイスのためのバイオ材料の研究〉がタイトルだった。落ちたら一巻の終わりだという思いで提出したのに、みんな一人プロジェクトにまで手が回らないほど忙しいのか、定員割れでばっちり受かった。通常の業務とは違ったことをやってみなさいというのが基本方針なので、空欄だらけの企画書について根掘り葉掘り尋ねる人もいない。

「イントラネットに一人プロジェクトやるって出てたけど？　私も手伝おうか？」

寮に戻るとギョンアが歓迎するように声をかけてきた。

「ちょっと、誰かに手伝ってもらったら一人プロジェクトにならないでしょ」

「こっそり手伝うならいいでしょ？　必要だったら言ってね」

幸いギョンアは詳細を訊いてこなかった。というよりもジェインの見たところ、ギョンアは誰かを手伝ってる場合ではなかった。彼氏との遠距離恋愛が大きな危機に直面していたのだ。彼氏は大田から斜めにだいぶ下ったところ、南方の産業団地に勤務している。

「今週末は彼氏のとこ行かなくていいの？」

「行かない、面倒くさい」

「ちょっと、またケンカしたの？」

「会うたびに、にこにこしてほしいとか言うんだよ。自分はいつも疲れたとか、死にそうだとか文句ばっかりのくせに、こっちが少しでもだるそうにすると大騒ぎ。デートのときくらい明るく華やかでいてほしいんだって。社会人なんてさ、みんなへばって元気ないのが当たり前でしょ、しかも私のほうが向こうに行く回数多いのに、生き生きしてろなんて無理な話だよ。だんだん変なこと要求するようになるよね」

「何それ、恋愛に幻想を抱きすぎちゃうタイプなのかな？」

「そのうち別れることになりそう」

ギョンアが急に会社を辞めてどこか行ってしまったら、かなり寂しくなるだろうなと普段から思っているジェインは、内心ちょっとうれしかった。そして喜んでいる自分を悪い友達だなと思った。

「大豆ドーナツ食べにいく？」

「いや、アイスクリーム」

二人は閉店間際のアイスクリーム店で、とても完食できなそうな量をさっさと買いこむと、夜のうちにぺろりと平らげた。

＊

ジェフンは学校から帰ると、最初にヤギ小屋をきれいにした。夕方の時間を快適な気分で過ごすには、まず仕事を片づけてシャワーを浴びるべきだと思ったのだ。シャワーを浴びてしまえば、農場の仕事はそれ以上頼まれないから一種の心理戦でもあった。最初の頃はさまざまな器具に慣れなくて、手のひらにめちゃくちゃマメができた。手袋をしても変わらなかった。臭いにも苦しめられたけど、週に一、二度ずつ手伝いにくるケイラおばさんの父親のペリーじいさんが解決策を教えてくれた。

「シガーをくわえるといい」

そして懐から年季の入ったカッコいいケースを取り出すと、シガーを一本差し出した。少し面食らったジェフンがただ眺めていると、また勧めてきた。

「キューバ産だ。上物だぞ」

タバコを吸う友達はたくさんいるけれど、ジェフンは幼い頃から気管支炎になることが多かったので、特に興味を持ったことがなかった。ジェフンの記憶が確かなら、お兄ちゃんも中学生のときから吸い続けてるけど、持って生まれた気管支の種類が違うようだ。夕バコを吸っているところをジェフンに見つかると、にこりと笑っていたけど、その笑顔にはお姉ちゃんとお母さんに告げ口したらぶっ殺すっていう脅迫が含まれていた。

それでもペリーが吐き出す煙からはどこか甘い香りがした。ヤギの糞《ふん》の臭いよりは全然ましだった。ジェフンは口にくわえていることにした。吸いこんだら頭が痛くなるのは目に見えている。ペリーは家にまだあるからとシガーカッターまで貸してくれた。おかげで一本を長い時間かけて切りながら吸うことができた。シガーがなくなる頃には、ヤギの糞の臭いにも慣れてきた。もしかするとヤギ小屋にシガーの香りが染みついたのかもしれない。いきなりシガーを勧めてくるなんて変なおじいちゃんだ。僕は今どこにいるんだろう。一体どこに送られたんだろう。


シャワーを浴びて出てくると、ケイラおばさんに卵を買いにいこうと言われた。スーパーに行くと思っていたのに目的地は別の場所だった。

「ミシェルの農場に行くのよ」

「そうなんですね」

「ミシェルはね、ロンの昔の恋人なの」

「そうなんですか?」

「うん、でも、みんなで仲良くやってる」

夫の元カノとも親しい間柄だなんて、ケイラおばさんが超クールな性格なのか、この町のみんながそんな感じなのかはわからない。到着すると家を真ん中に挟み、金網で空間を仕切って鶏を大量に飼っていた。金網がちょっとお粗末な造りに見えたので、鶏が逃げ出さないかと思ったけど、韓国の鶏より体がでかくて、そんなに高くまでは飛べないみたいだ。車で来る途中にぽつぽつ降り始めた雨が激しくなってきた。鶏はコッコッコッと似たような声で鳴きながら、屋根の下に入っていった。小学生らしきミシェルおばさんの子ども二人がジェフンを見ると、一緒に二階でゲームをしようと誘ってきた。プレイステーションにニンテンドーもある。ジェフンは子どもたちにゲームの腕前を披露しながら、下の階から聞こえてくるケイラおばさんとミシェルおばさんの話し声に時折耳を傾けた。二人は話すことが本当にたくさんあるらしく、楽しげに会話をしている。途中でだんだんお腹が痛くなってきた。

アメリカ南部の食事について理解できない部分があるとしたら、グレービーソースを信じられないほどかけまくる点だった。最初はグレービーの正体を知らなかったので焦ったけど、検索してみたら肉汁で作ったソースの総称らしい。ところが、それを何にでもぶっかけるのだ。ジャガイモにも、サラダにも……。野菜があまり好きでないジェフンでも野菜が恋しくなるほどだった。野菜は野菜のまま食べたかった。しかもどこに行っても飲み物はアイスティーだ。おいしいんだけどシロップの量が半端ない。南部の砂糖は大盤振る舞いだった。油っこいものと甘いものをたくさん摂取していたら、早い時期から腸の調子が悪くなってしまった。

「トイレどこ?」

ジェフンが子どもたちに尋ねると、二人とも鶏小屋の脇にある空き地を何度も指差した。からかわれてると思って一階のミシェルおばさんに訊くと、今度はシャベルと傘を手渡された。うろたえたジェフンは二人のおばさんを交互に見つめた。

「工事が必要なんだけど忙しくて。なくてもどうにか暮らせるものね。悪いんだけど地面をちょっと掘って用を足したら、また埋めといて」

トイレがない? ニンテンドーにプレイステーション、ゲーム専用のフラットスクリーンまであるのにトイレがないだと? まさか外国人だから貸すのが嫌だとか?

「お客が来たときのためにも早く作りなよ」

ケイラおばさんがトイレットペーパーを差し出しながら言ったのを見ると、そうでもなさそうだ。ジェフンは傘を差し、シャベルを引きずりながら、家の人たちが教えてくれた空き地に向かった。下痢が引っこんでしまいそうだ。人里離れた農場だから誰かに見られることはなさそうだけど、敷地が広大すぎるし、鶏が金網の向こうで興味深そうに見ているし、傘を差した状態で用を足すのも思ったほど簡単ではなかった。なぜか涙が出てきた。なんだよ、これ？　なんで、こんなところに僕を送ったんだよ？

ファッキン・ジョージア。

その晩、ジェフンはベッドで天井をにらみながらジョージアを罵倒した。ふいにファッキン・コリアと悪態をついたせいで、国外追放になりかけた在外コリアンのアイドル歌手を思い出した。あんなに批判しなくてもよかったのにと思った。まだ年端も行かないのに、いきなり変な場所で理不尽な目に遭ったら、そこについて悪く言うことだってあるだろう。十分にあり得るはずだ。その歌手にとっては韓国が理不尽だったんだろうけど、ジェフンにとってはジョージアがそうだった。お互いに罵倒しながら生きているのだ。

ファッキン、ファッキン・ジョージア。

ダメ押しして、ようやく眠りにつくことができた。

*

——みんな変わりない？

——変わりある。毎日変わりあるんだけど。

——なんで？　アメフトやってて怪我した？

——いや、まだどこも折れてない。

——ジェウクも反応しなよ。なんで毎日ジェフンばっかり答えるの。

——俺も変わりない。

——二人とも、お母さんにもっと電話しなよ。私ばっかり責められてんだから。

——お母さん、最近どう？

——デパートでホームファッション習ってんだって。クッションばっかり作ってる。家に行ったらスルタンの宮殿よりもクッションがあった。

——別のものはなんで作らないの？

——クッションがいちばん簡単なんだって。

爪の培養に成功したジェインが行ったのは防弾性能を試すのに近い実験だった。実生活でもストレスが溜まると、防弾ガラスメーカーの広報動画を見る趣味がある。もちろん銃は持っていないから、曲げ試験やハンマー、錐《きり》がメインになったが、結果はかなり満足できるレベルだった。

*

できるだけさりげなく研究員たちのガウンを盗んだ。一着ずつ、二着ずつ、目立たないよう週末に拝借してきた。ジェインの考えでは、いちばん危険なのが忘れた頃に起こる実験室での爆発事故だった。工場や別の場所で起こる事故より小さいけれど、規模に比べて死傷者が少なくなかった。化学を志す者として十年、ジェインは近くでそうした被害者たちに接してきた。身を挺して爆発から学生を守り、自身は命を落とした教授がいた。指を失った先輩も、火傷を負った同期もいた。明らかな不注意が原因のときもあれば、永遠に原因がわからないときもあった。全員が用心に用心を重ねても、事故はいつでも起こり得るのだ。高圧力の機器が問題だったケース、硝酸や硫酸の容器が割れてもれていたケース、静電気やバーナーが火種になるケースもあった。事故が起こるたびに検証はするけれど、次の事故は完全に別の方角からやってきた。安全なシステムを構築すれば回数は確実に減らせる。でも人間は完璧ではないし、施設はすぐに老朽化した。事故がゼロになることはなかった。

起こってはいけないけれど、もし起こってしまったときに主要な臓器の損傷を防ぐため、ジェインは同僚たちのガウンをほどき、爪で作った薄いプレートを入れて縫い直した。プレートというよりもフィルムに近かったから、簡単には気づかないはずだ。この作業にはお母さんのミシンが必要だったので頻繁にソウルに戻ることになった。なかなか顔を見せない娘が毎週のように帰ってくるようになると、お母さんは喜んでいるみたいだったけど、ジェインとしては一人にならないと作業ができないので、やたらと外出するよう促した。

「せっかく週末に帰ってきたんだから、一緒に映画を観たり、外でご飯食べたりしちゃ駄目なの？　なんで出かけろって言うのよ？　あたしの家なのに」

「夕飯は一緒に外食するから。二時間だけ運動してきなよ。集中したい作業があるんだってば」

高校の文化祭で色々と作って売ったことがあるから、ミシンの扱いには慣れていた。なんてことなかった。ガウンの生地は一重じゃないので糸切りバサミでほどき、爪のプレートを入れてから白糸で縫いつければ目立たなかった。元々シワになりやすい素材ではないけど、きれいな折り目までつけることができた。洗濯とアイロンがけまでしてから戻したいのが本音だったけど、それは我慢することにした。

頭、頭の部分はどうしよう。

少し悩んでから袖の下側にもプレートを入れた。爆発が起きた瞬間、人間はとっさに腕を交差させて頭をかばうはずだ。完璧とまではいかないけれど、これがベストだった。

最初のうちは貝のように口をつぐんでいたジェインだったが、規則的に帰宅するようすを見たお母さんが輸入ビールとつまみを用意しておくようになると、母娘の仲もいくらか打ち解けた。二人はビールを飲みながらドラマを観たり、桔梗《ききょう》の根の下処理をしたり、乾燥機でドライフルーツを作ったりした。

「お母さん、私がいちばん寂しいな、がっかりだなって感じたのって、いつだと思う？」

「何よ？　がっかりとか寂しいって」

「私がいい靴下を買うとさ、洗濯に出すたび行方不明になる。で、ぜーんぶ、ジェウクとジェフンの靴下入れで見つかるんだよね」

「入れ間違うことだってあるでしょ」

「でもね、あの子たちの靴下がこっちに来たことはなかった。私が自分で買った新品の靴下だけ、あっちに行くんだよ」

「わざとやるはずないでしょ？」

「だから余計にがっかりしたし、寂しかったの。わざとじゃなく無意識に、良いものを息子たちにあげてるんだなって」

「見た目がどれも同じだからでしょう。昔は女の子の靴下ってレースとか花の刺繍がついてたのに、どれもこれも真っ黒なソックスなんだからわかるわけがないでしょ」

「サイズが違うじゃない。ジェウクなら、私のでもなんとか穿けるかもしれないけど、ジエフンの足は入りもしないのに」

「あの子は熊の足みたいだからね。だから走るのも、あんたたちみたいに速くなかった」

「ずっとハードルやってるときもさ。私ね、数えたんだから。私の試合の二倍くらい、ジェウクの試合を観にいく回数のほうが多かった」

「偶然忙しくなかったんだよ。わざとじゃないってば」

「わざとじゃないから、余計にがっかりしたし、寂しかったって言ってるでしょ？」

問いつめてはいるものの雰囲気が殺伐とすることはなかった。ジェインは腹が立っていても、がーっと言わずに一つひとつ指摘する術《すべ》を早いうちから身につけたほうだ。有用なスキルだった。会社でも重宝していた。

翌週にソウルへ戻ると、お母さんが買ってきた新品の靴下が十足も置いてあった。昔の件は目をつぶってあげることにした。

＊

ギャビーとフィービーの心のこもった丁寧な、でも強力なお誘いを受けたジェフンは何度か教会について行った。お姉ちゃんが知ったら怒りでわなわなする事態だ。お姉ちゃんは進化論を否定するアメリカの教会について、かなり前から警告を並べ立てていた。教会そのものに悪感情を持ってるっていうよりは、宗教が科学の領域を侵すのが耐えられないみたいだった。アメリカで始まった〈話にならない退化〉が韓国にまで流入してきたと、その話題が出るだけでも火を噴く。ジェフンが見たところ、お兄ちゃんは科学への愛着とかはそんなになさそうだけど、お姉ちゃんは心から科学を愛しているようだった。レゴで遊んでいると思ってたお兄ちゃんが、いつの間にか機械工学を専攻していたとしたら、お姉ちゃんは小さい頃から科学者が夢だった。二人の違いはどこから来たんだろう。科学への思いがめらめらと燃えてるお姉ちゃんは、からかって遊ぶのにうってつけだ。教会の前で写真でも撮って、わざとグループトークルームにアップして怒らせようかという誘惑に何度も駆られた。

牧師の説教は半分しか理解できないし、讃美歌はちんぷんかんぷんだった。それでも教会の建物は美しく、祈っているときはまつ毛が一層長く見えるギャビーとフィービーの横顔を眺めるのは、日常とは異なる価値のある時間だった。平日はポニーテールにハーフパンツ姿の二人が、日曜日にはたまに髪をほどき、可愛らしいスカートも穿くのだ。ジェフンは早く背が伸びたらと願った。メイド・イン・USAの牛乳を飲んでるのに、なんで大きくならないんだろう。寝る前は欠かさず膝の裏をもんだ。ギャビーはジェフンと同じくらい、フィービーはどう見てもジェフンより背が高い。二人にとってジェフンは親切にしてあげるべき交換留学生、宣教の対象程度なんだろうけど、それでもカッコいいと思われたかった。アメリカンフットボールのユニフォームを着ると肩幅が広く見えるから、試合の前はせっせと二人の前をうろついた。最初はそっくりだと思った彼女たちの魅力も、今なら違いがはっきりわかる。ギャビーは顔立ちが整っていて性格は物静か、フィービーは満面の笑みだと普段の五倍くらい可愛くなる。歯がきれいだな、キラーンって輝いてる。ジェフンは何度も感嘆したものだった。

礼拝が終わる頃になるとテイトが合流する。テイトは中古だけどなんとか走れる車を持っていたから、三人はジェフンをあちこち見物に連れていってくれた。明らかに燃費の悪そうな車だったので、ジェフンはできるだけガソリン代を負担することにしていた。

「茂みではガラガラヘビとかマムシ、アメリカグマに気をつけないと」

村から少し離れると森と湿地帯だ。

「この湿地帯に海賊がお宝を隠したっていう噂があって、釣りに来るたびに期待したんだけど、すごく深いところまで沈んじゃったんだろうな」

ソウルで生まれ育ったジェフンが大自然を前にすると、少しまごついた表情になると知ってからは、観光は文化財の探訪にシフトチェンジした。

「ジョージアは大理石と金が有名なんだ。砂金取りしてみる？」

ギャビーとフィービーが金よりもきらきら光るポニーテールを揺らしながら、夢中になって砂金を探す姿を見るのは楽しかった。でも、いちばん大きな砂金の粒を見つけたのはテイトだった。大きな眼鏡はおでこにある。やっぱり視力が悪いわけではないみたいだ。

「あそこに見える、あの山わかるよね？　あれがストーン・マウンテン。むちゃくちゃ有名」

　運転中のテイトが遠くを指差してみせた。

「何が有名なの？」

　歴代大統領の顔でもあるのかな、ジェフンは期待して尋ねた。

「マーティン・ルーサー・キング牧師の演説にも出てくるよ。ジョージアのストーン・マウンテンからも、自由の鐘を鳴り響かせようって。昔はＫＫＫ《クー・クラックス・クラン》の燃える十字架が掲げられて、人種差別の象徴だったんだ。今はその場所にテレビ局の電波塔があるけど」

　期待とは少し異なる名物だった。毎度のことだけど大体が期待とは異なった。先住民族のクリーク族とチェロキー族が集団移住させられた涙の道に行くと、「僕たちが一人残らずケツの穴野郎だったたって証拠しかないな」と、テイトがつぶやいた。南北戦争の激戦地と捕虜収容所、墓地の規模はジェフンの想像以上だった。最近になって学び始めたアメリカの歴史は、思っていたよりも順調ではなかったのだと教えられた。

　ジェフンはどこよりもアトランタを気に入っていた。空港に降り立ったときにちらっと見たけど、再訪してみるとやっぱり都会が最高だと思った。ソウルが思い出された。アトランタにも見どころはたくさんあって、マーティン・ルーサー・キング牧師が生まれたスイート・オーバーン地区や、『風と共に去りぬ』を書いたマーガレット・ミッチェルの家も訪れた。本も映画もまともに読んだり観たりしていないから、本当のことを言うと大した感慨もなかった。お母さんとお姉ちゃんがコイツはましだね、いや、アイツだと悪口を言いながら映画を観ていた気もするんだけど、集中していなかったのだ。アトランタのショッピングモールで久しぶりにちゃんとしたエレベーターに乗ったら、そいつだけでなくアトランタ中のエレベーターが挨拶を寄こしているような気がしてきた。

あとはどこに行こうか、ひそひそ悩んでいる雰囲気だったから、ジェフンは勇気を出して言った。

「あのさ、僕はハンバーガーとシェイクを注文して、ここに座っていたいんだけど。そんなに頑張って観光してくれなくても大丈夫だから。十分に感謝してる」

というわけで、四人でいる週末が日常になりつつあった。なんだかんだ言っても高校の週末の課題は大変だ。四人は広いテーブルを選んで座ると長い時間を過ごした。ジェフンはゆっくりだけど英語が上達し始め、三人は韓国の高校生の暗記テクニックを学んでいった。

＊

サンジェイは一日を締めるタバコを吸いながら、有名なインド映画のあらすじの要約を説明していた。ジェウクが頼んだわけではない。好きな映画は何度でも観るそうだが、基本的にノリのいい人のようだ。ジェウクの知らない、その映画の有名なシーンやダンスを再現して見せることもあった。サンジェイが片手にタバコ、片手にミネラルウォーターを持って軽やかに踊ってみせると、まだ冷気の残るペットボトルが外壁のライトに照らされて、水晶のようにきらめいた。何度も歌を真似してみなよと言われるけれど、ジェウクは滅多なことでは歌わない人間だ。年に一度くらい、酔っ払うと急にうまく歌えそうな気がして試してみるのだけど、そんなときでも所かまわぬ大声ではなく、ほぼ鼻歌に近かった。

「レーザーを」

差し出された手に握らせた。サンジェイは彼方に見える砂丘に、ジェウクにもわかる英語の歌詞の部分を書いてくれようとしていた。書いてくれたからって一緒に歌えるわけではないのだが。砂の上の文字はすぐに消えた。ちかちかとした残光がまぶたにあった。

レーザーのせいで目が沁みるのかと思っていたけど、夜空の片方すべてが赤くなっている。これほど色濃い信号は、警告は見たことがなかった。

「ちょっとプラントの外に行ってこないと」

ジェウクが言うと、サンジェイが慌てた。

「こんな時間に?」

「あっちに何かあるみたい」

「何を見たんですか?」

曖昧な言い方で答えを避けたのに、なんとサンジェイはついてきた。助けが必要かもしれないからジェウクも制止しなかった。みんながカートと呼んでいる日よけのついた四輪バイクにまたがった。砂の上を走るのに最適なタイヤがついていて、この界隈で気軽に使われている交通手段だった。ジェウクが事務所からキーを持ってきた。最近は飲酒運転の事故が頻発しているから鍵の管理も厳格だろうと思っていたのに、そうでもなかった。

道路を外れ、さっき見た砂丘のほうへとバイクを走らせた。隣でサンジェイが不安がっているのが感じられる。ジェウクの視界は赤いままだ。もし音もつけるとしたら、サイレンが鳴り響きそうな赤さだった。何度かの設計トラブルや軽い安全事故のときも赤くはなったけれど、ここまで燃えるような濃さに染まったことはなかった。

「何を見たか知らないけど、昼間にまた来ませんか？」

「もう少しだけ進んでみることにします」

サンジェイが今さらながら安全ベルトをした。二人は砂丘をいくつも越えて進んだ。この方角だという確信の理由を、あとでサンジェイにどう説明しようかと悩み始めたとき、ついに砂漠の一面を染めていた赤い信号が一点に集約された。

正確には二点だった。

倒れている二人の少女を発見した。うずくまる姿に目が慣れてくると、子どもたちが制服姿だということに気づいた。一人がびっくりして警戒しながら体を起こそうとしたが、肘が折れていた。


サンジェイがミネラルウォーターを持っていたのはラッキーだった。二人の子どもは軽い脱水症状を見せていた。砂漠の暑さにやられたみたいだけど、少し前までは水も食べ物も持っていたに違いない。サンジェイがアラビア語で、英語で話しかけたけれど、簡単には答えないつもりらしい。

「一体どこから来たんですかね？　近くの村でも車で二時間以上かかるじゃないですか」

ジェウクが正常に戻った目をもみながら言ったが、ほとんどひとり言に近かった。前のポケットのレーザーポインターが手に触れた。

「どこから来たんだ？　どこに行くつもりだったんだ？」

膝をついて子どもたちが来たと思われる方向にレーザーを発射し、今度はプラントがある方向に発射した。二人の子どもが息をのんだ。

「レーザー」

一人がからからに乾いているはずの舌でどうにか発音すると、指を動かしてレーザーポインターに触れた。目に涙が溜まっている。ジェウクは理解した。自分がレーザーでふざけるたびに、砂漠を横切っていた子どもたちは、この光を目指して歩き続けてきたのだと。

＊

ここ数日のジェインはバイオマスの実験室に出入りしていた。働いている棟とは池を挟んだ向かい側にある。ちょうどプロジェクトが一つ終わったところで余裕があった。ジェインは培養した爪を使って、もう少し精巧な形態で色々と作ってみたかった。バイオマスチームは実験室を使わせてほしいという頼みを快く思わなかったけれど、ギョンアを介して先輩を紹介してもらうと雰囲気も少しは良くなった。チーム長はウンミンという人で、みんなからウンチーム長と呼ばれていた。

実験室の前でエアシャワーを浴びながらウンチーム長が言った。

「ジェインさん、うちらって、もうシャワーも一緒に浴びる仲になりましたね」

「チーム長、それってセクハラですよ。すごく不愉快です」

「ほかのメンバーに言われたときは面白かったのに、すみません」

「一つも面白くありません」

すぐにしょんぼりして真摯に謝罪してきたから受け流すことにした。チーム長レベル以上の役職にまともなユーモアを駆使させるには、厳しい言い方になるとしても正直なのがいちばんだとジェインは思ってきた。慣れない機器をきちんと扱えるよう親切に説明してくれるところを見ると、根は悪くない人のようだ。リグニン、セルロース、ヘミセルロースと、その抽出法についても一時間ほど講義をしてくれた。何よりもジェインが最初に粉砕機を壊してしまったとき、文句を言うこともなく刃を交換してくれた。腹を立てたり疑いの目を向けたりすることもなく、だいぶ長いこと使ったからと気にしない姿に、心の広い人なんじゃないかなと思ったりもした。

爪の粉をスラリー化するには、水を混ぜてどろりとさせ、ウンチーム長おすすめのバクテリアを加えて醱酵させるという過程を踏む。そうして作られた乳酸を環化反応させ、その次の精製プロセスにも着実に進めた。未反応の部分と環化した化合物を分離させ、純度の高い環式化合物を作る作業だった。ジェインの爪の粉は、この全工程のために用意されていたのだと思わせるほど順調だった。誰かに操られているようで何か引っかかったけど、同時に達成感もあった。ジェインがはじめて完成させたバイオプラスチックだった。

「うわあ、ジェインさん、何を使ったらこうなるんですか？　あっという間に成功させましたね」

通りすがりにウンチーム長が不思議がって尋ねた。専門家が興味津々にのぞき込んでくるのが非常に居心地悪かったけれど、誰かに訊かれたときのために準備しておいた嘘で答えた。

「緑藻、ススキ、トネリコ？」

声が震えている。あとでウンチーム長が詳細をチェックする前に、データやらなんやらを使えないようにしておかなくては。

「ウェアラブルデバイスって言ってましたよね？　それで、これを使って、これから何を作るつもり？　眼鏡？　時計？」

「ふむ、あれもこれも全部試してみようかと」

「うちのチームで使ってる眼鏡フレームの型があるから貸してあげますよ」

でもウンチーム長が眼鏡フレームの型を持ってきたとき、ジェインは思わず口走ってしまった。

「嫌です。ダサい。これは使いません」

断固とした口調で、ヘテや虎みたいに言ってしまったから、ちょっとひどかったかなとも思ったけれど、ウンチーム長は笑っていた。

「ジェインさん、いい性格してるな。嫌なものは嫌だってはっきり言う人は気が楽だ」

順調に進む作業に浮かれていたから、ソウルへ向かう夜の運転も苦にならなかった。ついでだからと、ずっと気になっていた爪切りの送り主の住所に向かってみた。少し回り道にはなるけれど、寄ってみたほうがいいと判断したのだ。普段のジェインの性格からすると、かなり後回しになっていた。

相変わらず住所に見覚えはないが、該当する場所に到着した瞬間に道と景観を思い出した。カルククス屋だ。正確にはカルククス屋の跡地だった。適当な場所に車を停めた。そうするしかなかった。駐車場は跡形もなかったから。建物の痕跡もなくなっていて、空き地には同じ大きさの丸い砂利が敷きつめられていた。

車から降りた瞬間にヒールが砂利にはまって少しバランスを崩した。ここから本当に小包が送られてきたのかな？　だとしたら弟たちは？　やっぱりアサリに問題が？　私たち以外にも食べた人はいたはずだよね？　なんで店員の顔が一つも思い出せないんだろう？　店長がいたはずだけど？　カルククス屋はどこに消えた？　建物の土台までなくすことなんてできるのかな？　地面を掘ってみようか？　私は一体、誰の計略にはまったんだろう？　誰を救えってこと？　よりによって、なんで爪？　二週間に一度ずつ、あの強力な爪切りで整えながら、すべて忘れて生きたら駄目かな？

指が震えていたけれど、方向を変えながら何枚か写真を撮った。弟たちに送ったら、あのときのカルククス屋の跡地だと気づくかもしれない。いやいや、もしかすると最初から自分の勘違いだったのかも。建物はよくあるタイプの赤いレンガ造りの平屋だった。国道沿いにいくらでもありそうな店だ。今日も近所のどこかで閑古鳥が鳴いているに違いない。今はただ、かなりめちゃくちゃなデジャヴを経験しているだけだと、ジェインは小さな声でつぶやいた。人間の脳にはたまにそういうことがあるそうだ。センシティブな性格だから、自分でも気づかないうちにストレスを溜めこんでいただけだ、そう思って足首に力を込めた。ヒールが何度も砂利にめり込んだ。

写真を転送するだけのことなのに、なぜかできなかった。無駄にメンツや威信を重視する人間は大嫌いなのに、そのくせ自分が説明のつかない話をとりとめもなく弟たちに並べ立てるのは許せないのだ。そういう面はどうしようもなく長子だった。

どこか怪しい気がする砂利をしばらく触っていたが、ソウルに向かうことにした。たった数時間前の浮かれた気分が少しずつ沈んでく。沈んで、また沈みながら玄関のドアを開けると、ついには心の底の排水溝にも似た場所へと、ごぼごぼ音を立てながら吸いこまれていくのが感じられた。玄関にお父さんの靴があった。

＊

ペリーがフリスビーを持ってきたので、ジェフンは犬に向かって投げてみたけれど、黒い三匹の犬も、今や子牛ほどにまで成長した元子犬も、くわえて持ってくる素振りはなかった。間違って一匹の頭に当てちゃったときは低い声でうなられ、結局は二人で投げ合って遊んだ。ペリーの上半身は問題なく健康だけど、下半身が弱くて関節が悪かった。おかげでジェフン一人があちこち必死になって走り回る羽目になり、なんだか犬になった気分だった。

「こういうのはガキの遊びだ。これくらいにしとこう」

そんなに動いてもいないのに、ペリーはすぐに飽きてしまった。

「本物のアメリカンになりたいなら銃の扱い方を知ってないとな。お前、銃は撃てるか？」

ペリーに対して自分から何かを切り出したこともないのに、いつから僕は本物のアメリカンになりたがってるって設定になったのかと仰天してしまった。

「ケイラ、銃を持ってきてくれないか」

ペリーが家の中に向かって叫んだ。

「弾がないけど？　ちょうどスーパーに行くところだから、一箱買ってこようか？」

　おばさんがポーチに出てきて答えた。

「練習するから余分に買ってきてくれ」

　練習するんですか。ほんとにやるんですか。ジェフンは宿題があるって言おうか迷ったけれど、そんなことしたらペリーに延々とからかわれる事態になりそうだ。以前にもスーパーに陳列されている銃を見て、内心驚いたことがあった。銃にしても、弾にしても、スーパーで買えるとは想像もしていなかったからだ。じいちゃん、本物のアメリカンにはなりたくないよ。僕はうっかりミスでここに送られてきたんだってば。ジェフンはどんよりした顔でベンチに座っていた。

「俺がベトナム戦争に行ったときはな、すごく苦しかった。やっと本国への帰還命令が出たんで、みんなに挨拶しようと補給用のヘリに乗ったら、下界から飛んできた流れ弾が頭にめり込んだ。おかげでそのまま入院さ。やばかったらしい。ここに傷跡があるの見えるか？」

　ペリーはまだ毛量の多いこめかみをかき分けて傷跡を見せてくれた。

「容体が悪化して輸血も受けられなくなるところだった。俺は覚えてないけど、手首が駄目だからって足首に針を刺したそうだ。それでも流れ弾くらいなら、まだいいさ。目の前でクレイモア地雷に吹っ飛ばされるケースもざらにあった。友人の一人は誤射事故で死にかけたんだが、不思議なことに弾が心臓の筋肉の間を抜けていって助かった。そうだな、そいつは俺より少しだけラッキーだったのかも」

軍隊の話が好きなのは韓国の除隊者だけではないようだ。ジョージアの年寄りも同じだった。じいちゃん、僕も何年かしたら軍隊に行くんです、戦場に送られることはたぶんないけど、銃の撃ち方はそのときに習えばいいわけで、今どうしてもやらないと駄目ですか、ペリーの気分を害さずに、どう切り抜けようか悩んだ。

「あそこは暑い国だが、それでも温かい料理が食べたくなる。手榴弾の硫黄をかき出して、白い化合物を集めて火をつけるとな、ちょうど二人前のスープが沸かせる……」

ジェフンの脱出口は意外なところにあった。スーパーから戻ったケイラおばさんが、この近くで有名なゾンビドラマを撮影しているんだけど、ちょうど今やってるところだと教えてくれたのだ。ジェフンは見にいきたいという強い眼差しを容赦なく送った。ペリーはしょうがないなと言うように、撮影現場の近くまで連れていってくれた。

すでに町の人が全員集合していた。農場が点在している場所なので、集まったところで大した人数ではなかった。撮影現場からかなり離れて見物しないといけなかったけど、まさに見ものだった。

そのゾンビドラマはグラフィック・ノベルが原作で、お姉ちゃんは全巻持っている。科学関係の本で埋め尽くされたお姉ちゃんの本棚の一段はグラフィック・ノベルが占めていた。ヨーロッパの繊細な漫画ばっかりでジェフンの好みではなかったけど、たまに気に入る作品もあった。ゾンビ漫画がドラマ化され、韓国のケーブルテレビ局が買い入れたから一緒に観るつもりだったのに、ページをめくるのも恐ろしかったんだからと拒否された。ほんとにわかんないなとジェフンは思った。それってゾンビ物が好きでも嫌いでもないってことじゃん。とにかく浮かれて自慢するメッセージを送ったのに、お姉ちゃんからの返信は予想外の内容だった。

――えっ？　あのドラマの背景ってさ、むちゃくちゃ荒れ果てた場所じゃなかった？　あんたのいる町って、そんなレベルなの？

そう言われてみると、ビミョーに自慢ネタでもない気がしてきた。ゾンビドラマの背景にぴったりの町ってことじゃないか。

帰り道、エキストラの一人が迷子になったらしくさまよっていた。

「あの人は俳優かな。道を教えてあげたほうがいい？」

「どこ？」

「あそこのゾンビエキストラ」

ペリーが眉をひそめてルームミラーをのぞき込んだ。

「いや、あれはキノコを食ったヤツだ」

「キノコ？」

「若い連中が森でやばいキノコを採って食うんだよ。そうじゃなかったら、こっそり育てて密売してるんだろうな。一大事だよ。誰かにキノコみたいなのを勧められても、絶対に食うんじゃないぞ」

ふり返ってよたよたと歩く姿をもう一度眺めた。もう遠すぎてゾンビの扮装をしているのかどうか判断がつかなかった。

＊

「これから、どうするつもりですか？」

二人の子どもをカートに乗せようと後部座席を片づけるジェウクに、サンジェイが低い声で尋ねた。

「上層部に報告して子どもたちが休める場所を確保してもらったら、夜が明けるのを待って警察に通報するのが筋じゃないですかね？」

「たぶん、この国の子どもじゃないと思います」

サンジェイの言っていることが正しいのかもしれない。砂漠の向こうは国境だ。それなりに治安が安定しているこの国と違って、周辺国家の状況は良いとは言えず、もしかすると国境を越えて脱出してきたのかもしれなかった。

「制服を着てるでしょう。学校が過激派に襲撃されたのかもしれません。だとすると誰かが訪ねてくる可能性も」

「誰ですか？」

「銃を持った男たち。あの子たちの父親だ、兄だ、叔父だと名乗り、見つけてくれてありがとうと連れ帰るはずです。ボスにそれを防ぐ力があると思いますか？」

ジェウクは少し考えてみた。部長にも課長にも娘がいる。善良な父親だ。でも外注先に警備を依頼しているこのプラントに、武装した常駐ガードマンは何人もいない。それもそのはずでプラントは砂漠の真ん中にあるし、機械や資材は巨大で重いから盗むのに適当ではない、たとえ盗んだとしてもできることは限られている。銅線くらいなら切って運べそうだけど、そこまでまめな泥棒はこれまでいなかった。ジェウクの頭の中に結論が出た。銃を持った誰かがやってきて、この子たちの家族だと言ったら、上司たちは会社の基本方針に従うだろう。現地で問題を起こさないこと、それが方針なのは当然だ。

「じゃあ、どうしたらいいですか?」

「ここは遠すぎます。それに警察も信用できません。首都に向かうべきです。たぶんいちばん安全なのは、首都まで直接連れていくことかと」

「俺たちが直接?」

俺たちという言葉に、サンジェイは少し悩んでいるようだった。

「ウキ、あの、ウキが僕を友達だと思ってくれてるのは知ってます。でも実際は立場が……状況が違うでしょう。ウキは本国から来た正社員で、僕は契約職じゃないですか。自由に休暇を使うことはできません」

お互いに〈ミスター〉をつけなくなったのは気楽でいいけれど、部長がジェウクの名前を呼ぶのを、どうも聞き間違えたらしかった。ウキって誰だよ、ジェウクは笑ってしまった。

「俺も同じです。休暇は三ヵ月前から決まってます。ここでは全員が厳格に順番を守ってますから。でも数日もあれば、俺がなんとかできるかも」

あるプランが今までにない高速で浮かび始めていた。ジェウクは自分の頭の稼働スピードにちょっとびっくりしていた。

「その数日の間、子どもたちをどうするつもりですか？　空いているコンテナがあるとか？」

「宿舎にかくまうのは無理です。すぐにばれるかと。プラントが稼働したら使う予定になっている休憩室と宿直室があるんです。その中でもいちばん出口に近くて、もう完成してるから誰ものぞかない、そういう部屋を探せばいいかな。冷房も水道もある部屋で。それならすぐ見つけられます」

「じゃあ、僕は子どもたちと一緒にいて、ウキが合図してくれたら上ります」

「どうやって上ります？　目につかないようにですよ？」

サンジェイはカートの後ろにあった道具カバン二つを空にした。子どもたちが身を縮めれば一人ずつ余裕で入れそうだ。カバンに入らなくてはいけないと伝えるのが問題だった。

もう十分すぎるほど恐怖にさらされてきたはずだ。

ジェウクは二人に名前を尋ねた。子どもたちは答えない。目をぱちくりさせていたが、たまに瞬きよりも閉じている時間のほうが長かった。

「かくまってあげるから。安全なところで。何日かしたら、もっと安全なところに連れていく」

何度かくり返し説明したけれど、理解したかはわからない。闇の中でカートのヘッドライトは明るすぎる光と濃い影を作り出し、おかげで子どもたちの表情が読みにくかった。一人の子は、ずいぶん長いこと目を開こうとしなかった。具合が悪いのではと心配だった。もう一人はジェウクとサンジェイをずっと観察していたけれど、顔ではなく胸や足元を見つめている。レーザー、それがこの子の発した言葉のすべてだった。ジェウクは、まだ二人の顔をはっきり認識できていない。事故のせいか、元々そうなのか、知らない顔を覚えるのに時間がかかる。サンジェイと、その他大勢のスタッフを区別するのに時間が必要だったように。

それでも、今や確信に変わりつつあった。ジェウクに課せられた数、ジェウクが救わなくてはならない二人は、どう見てもこの子たちで間違いなかった。カバンを手にしたまま守ってあげるから、かくまってあげるからと、もう一度説明した。

答えはなかったけれど、少女たちはそのときが来ると一人ずつ道具カバンに身を隠した。

*

——お父さんが家に来てる。

メッセージを送ったのに弟たちからの返事はない。二人とも既読はついたのに反応がない。しょうもないヤツらだ。はあ、息ができない。ジェインは力いっぱい胸を引き上げた。ピラティスを習っといてよかった。あれすらもやってなかったら、今頃どうなってたことか。

お母さんはテニスラケットで布団を叩いている。背の低いお母さんがベランダの縁に上り、古い手すりに布団を掛けて叩く姿は危うく悲しく見えた。お父さんのラケットだった。当時は高値で買ったらしいけど、そんなに長く使ったわけでもない。お父さんはすぐに飽きてしまい、駐車場不足でマンション群内のテニスコートもかなり前になくなった。ラケットは布団を叩くときや、お父さんが大切にしていた品物を粗雑に扱うストレス解消用に使われていた。

「お母さん、私がやるから」

そう言って近寄ったのにやめないから、お母さんの肘に背後からそっと手をかけた。

「私がやるってば」

今度はラケットを渡してくれた。ジェインは腕が長いから縁に上らなくても十分に布団が叩ける。怒りで強張ったお母さんの首と肩が見下ろせた。

「向こうでマッサージ機使ったら?」

年代物の酷使してきたマッサージ機の動く音が聞こえた。大田にいるべきだった、ソウルに来るんじゃなかった、後悔しながら布団を叩いていると、ちゃんとやりなさいとお母さんが声を張り上げた。こういう時間はまだ我慢できる。もっとも苦痛なのは食事の時間だった。

三姉弟が子どもの頃に〈恐怖の五大キムチ〉と呼んでいた白菜キムチ、大根キムチ、大根の若葉キムチ、ネギキムチ、水キムチで、お母さんとジェインが食事を終えると、お父さんは同じテーブルでインスタントラーメンを作って食べ始める。お前も一口食うか、厚かましくもそう訊きながら。五大キムチとラーメンの時間差が縮まり出せば、じきにお父さんも一緒に食卓を囲むはずだ。そしたらお母さんは五大キムチじゃなくて、また別のおかずも出してくれるようになるだろう。その全プロセスを把握しているのが嫌だった。食事の時間帯のたびに約束を入れたり、外で一人食べてくるのは不自然で面倒だ、仕事を口実にさっさと大田に戻ろうと心に決めた。

開け放たれた部屋のドアのほうに、肘をついて寝そべるお父さんが見えた。見た目は涅《ね》槃《はん》仏みたいに穏やかだ。ここはお父さんにとって、どこまでも自分の家なのだ。誰かさんと複数のオフィステルを転々としようが、結局はここに戻ってくる。お母さんが自分の家だ、自分の分け前だと信じ切っている、ここに。不動産で金儲けに成功した世代だから、二人とも家を中心に歪んだ結婚生活が続いているのだろうけど、ジェインは完全に理解しているわけではなかった。お父さんと暮らした女たちは、家もなく捨てられたんじゃないだろうか？　家をあげるはずがない。あの人が。

後頭部に視線を感じたのか、お父さんはふり返ると言った。

「チキンの出前頼んでくれよ。インスタントラーメンばっか食べるわけにもいかないだろ？　ジャケットの内ポケットに財布入ってるから」

最低の人間、ジェインは思わず心の中でつぶやいていた。今より若かった頃はもっとひどい言葉が口をついて出たこともあった。今より若くて、自分の意見がどういう形であれ影響を与えるはずだと信じていた頃は。お父さんが大切にしているものを窓から投げたこともあった。でもお父さんが戻ってきて、また出ていくたびに、そのすべてが無意味なのだと身をもって知ったのだ。寝そべる後ろ姿が、特に長く伸びた脚が自分とそっくりで、ジェインの心の温度がまた下がった。似ているのだ。あの最低最悪の人間と。目に見える部分だけでなく、見えない部分まで。すでに知っている部分も、まだ知らない部分までも。

ゆっくりと音のないため息をつくと、チキン屋に電話をかけた。ジェインの知るかぎり、この町内でいちばん不味い店に注文することで、心に残る小さな憤怒を鎮めた。

チキンが来る前にどうやって大田に逃げようか、どんな言い訳をしようか悩んでいると電話が鳴った。

「ジェンジェン、……早く帰ってこられない？」

ギョンアだった。泣いている。お母さんが隣で聞いてたから言い訳は必要なくなった。おかずを持って帰りなさいという、たぶんお父さんにあげまいと隠していた品々を持たせようとするのを断り、ジェインは出発の支度をした。おかずの代わりに、お母さんがホームファッション教室で作ったクッションを二つ選んだ。ギョンアの声に、なぜかクッシヨンが必要そうだと感じたのだ。

「お母さん、一緒に大田に行こう」

無理な話だと知りながらも声をかけた。お母さんがここに残って、お父さんとデリバリーされた料理を食べ、酒を飲むんじゃないかと怖かった。ジェインがいないと、お母さんはそうするのかもしれない。親密な態度をお父さんに一切見せないでほしいと思った。それ不味いよ。町内でいちばん不味い店のだから。

運転している間はずっとソウルに、背後のソウルに後ろ髪を引かれる思いだったのに、大田についたら一瞬で忘れた。

玄関のドアがぼこぼこにつぶされていたのだ。

＊

幸いなことに、ペリーは銃の撃ち方じゃなくてボーリングを教えてくれるようになった。はじめてジェフンがスピンのかけ方を覚えたときはちょっと感動したみたいだった。翌週になると、いい加減にラッピングされた小さな箱を差し出してきた。開けてみると昔のビートルズのテープだった。

「アメリカで発売されたファーストアルバムだ」

今すぐ聴いてみたかったけれど、カセットプレーヤーは韓国の家にあった。お姉ちゃんが使わなくなって放置してたのを取っといたのだ。お兄ちゃんのCDプレーヤーも同じだ。おかげでジェフンは古い曲をたくさん知っていた。だからペリーが大切にしていた宝物をくれたことにも気づいていた。ちっともビートルズファンには見えなかったけど。

「ありがとうございます」

まっすぐ顔を見ながらお礼を言った。ボーリングのスピンを学んだのと同じくらい、相手の目を見て話すことに慣れたのも収穫だった。いじけた末っ子のジェフンは、いつも中途半端な場所に視線をやりながら話すクセがあって、ペリーは会うたびに厳しく指導してきた。ケイラおばさんが何度か制止したけど、この頑固なじいさんは意に介さなかった。ジェフンがうつむいたまま返事すると「目！　目！」と指摘した。

今日の二人に与えられたミッションは七面鳥を捕まえることだった。農場に放鳥している数羽をペットだとは思っていなかったけど、本当に捕まえる日が来るなんて想像もしな

かった。秋の感謝祭なのだ。ペリーはジェフンに投げ縄を渡した。家の中のキッチンでは
ケイラおばさんが七面鳥の詰め物《スタッフィング》を用意している。
「お手本を見せてもらったら駄目?」
「まずはやってみろ」
ジェフンはペリーの顔色をうかがった。感謝祭を控え、あまり良い気分ではなさそうだ。
ケイラおばさんの妹のターシャが来るらしく、そのせいでナーバスな雰囲気になっていた。
ケイラおばさんから聞いて、ターシャがバイセクシャルだということは知っていたから、
それで機嫌が良くないのかなと思った。南部のじいさん、頑固な性格だから……。でもケ
イラおばさんが言い忘れたエピソードがあったのだ。
「刑務所とは。俺の娘が刑務所帰りだなんて」
長期にわたって収監されていたわけでもなく、すでに二年ほど前の出来事だけど、ペリ
ーは今もショックから抜け出せずにいた。彼氏とバーベキューグリルを盗んで捕まったそ
うだ。
「何年か前の感謝祭に連れてきた、あの彼女のほうが何百倍もましだった。今度の彼氏野
郎は最悪だ。二人そろってあのクソみたいな監獄に行ってきたのに、まだつき合ってんの

か？　おててつないで飯食いに来るって言うじゃないか？」

じいさんはジェフンを捕まえると、ぶつぶつ文句を言った。答えようがないから適当に相槌を打ち、期待せずに何気ない手つきで投げ縄を放ったら、七面鳥がどでんと引っかかった。

「やばっ、捕まえちゃった」

思わず韓国語が口をついて出た。ペリーが喜んでジェフンの背中を叩いた。ジェフンもしばらくはうれしかったけど、すぐに七面鳥を殺さなくてはならないことに気づいてショックを受けた。ずっとマグロは巨大なツナ缶、鶏胸肉はどこかの工場で合成した肉だと思って生きてきた。牛や豚について考えるときも、生きている動物というよりは、包装されたビニールパックをまず思い浮かべた。でも農場での暮らしはそういうわけにいかない。ペリーは七面鳥の下ごしらえからも目を背けることを許さなかった。内臓と糞の臭いはすさまじかった。ジェフンは生涯忘れられないだろうと思った。ペリーがケイラおばさんとバトンタッチしたので、ジェフンも一緒に引き継がれた。おばさんに、これを混ぜて、それをすり潰して、あれを持ってきてと言われるままに従った。すると、とても無理だと思った七面鳥も食べられそうなほど、お腹が空いてきた。

スーパーで買ってきたとひと目でわかるデザートとともに、ターシャと彼氏が到着すると緊張感が漂った。まさか盗んできたんじゃないだろうな。ジェフンは先入観を持たないように努めた。でも食事が終わるや、ケイラおばさんとターシャは激しい応酬を始め、次にペリーが介入し、最後にはターシャと彼氏が激しく言い争い始めた。途中までは聞き取れたけど、そこからは本格的にジェフンのよく知らない話題でのケンカに移ったので、黙って感謝祭のメニューを食べることにした。お願いだから十代の交換留学生の前で、そんな刺激的な話題でケンカしないでよと、心の中でぐちぐち言いながら。まあ、秋夕《チュソク》［旧暦の八月十五日。故郷に集まって先祖の墓参りをしたり、秋の収穫に感謝したりする祭日］になると、いつも韓国の家も大騒ぎだった。荒れた状況下でも消化不良を起こさないよう、長い時間をかけて訓練されてきたも同然だった。

お父さんが帰ってきたということは、お母さんはぐちゃぐちゃのはずだ。お母さん宛に感謝祭の食卓を撮った写真を送った。

――お母さん、こっちは元気にやってるよ。僕も手伝って一緒に作ったんだ。

ケンカの邪魔にならないように携帯電話をバイブレーションに設定した。食卓を片づけてパイを一切れもらうと、家の中でもＷｉ－Ｆｉがよくつながる隅っこに避難した。お母さんの返信は数分後に到着した。

――豚になるよ。痩せるのも金かかるんだから食べ過ぎないように。

心の余裕がないみたいだ。グリル泥棒と同じ食卓で、自分で捕まえた七面鳥を食べさせるために、息子をアメリカへ送ったお母さんを憎む気持ちは少し和らいだ。かぼちゃパイを食べながら、こっちが不便なのかあっちが不便なのか悩んでみたけど、どっちも大差ない気がしてきた。アジアの大都会の真ん中だろうが、アメリカの端にある農場だろうが、家族は厄介な存在だった。帰国するまでお父さんは家にいるんだろうか？　そういうことにはならなそうだった。お父さんがいれば小遣いは増えるだろうけど、あの空気の中で勉強やら何やらするなんてしんどいのは目に見えている。懐柔されたふりをしながら小遣いをせびるのは、遅くに生まれた子の一貫した戦略ではあるけど、それすらも面倒だと思う年頃になったのだろう。

ターシャカップルが帰り、ケイラおばさんとペリーは意外にも満足していた。前半の家族間のケンカより、後半のカップルのケンカが何倍も激しかったからだと思う。図太い人たちだ。

ジェフンは自室に上がると換気した。もうジョージアの天気も耐えられそうだった。

＊

ジェウクは久しぶりにカードテーブルについた。カードテーブルは上司たちの宿舎にいちばん近くて広い休憩室にある。食卓に薄い機内毛布をかぶせて釘で固定したものだった。緑色の布が貼られた高級感のある正式なテーブルとは違うけれど、暗くなるとそれなりにムードが出た。砂漠のど真ん中、これといった余暇もなく孤立している男たちの聖地だ。

ポーカーのプレイがクライマックスを迎えていた。プレッシャーを感じるほど掛け金が上がっていた。そういうときはディーラーを買って出ていたし、カードを一枚も落とさなくて上手だと褒められもしてきた。そんなジェウクがどういうわけかプレイに加わると、テーブルが一瞬ざわめいた。

「金貯めて結婚しないとな?」

「そのつもりで加わりました」

もしこれが誰かの企てなら、ものすごく強い役とまでは行かなくても、フラッシュくらいは出るはずだった。だが期待も空しく、ジェウクは連続で十ゲーム近く金を失った。大負けメンバーではないけれど予想を上回る損失だった。彼女から電話が来たが取れなかった。八人ぎっしり座っていたテーブルも、午前零時を回ると半分に減った。焦ってもおかしくない局面なのに平常心だった。お兄ちゃんはつまんない人になっていくとジェフンは不満たらたらだけど、ジェウクは以前よりも緊張しない自分を悪くないと思った。のんびりと待っていると、十二ゲームで手の中にフォーカードができた。折しもジェウクにレイズしてきたのは部長だ。部長には予備校代のかかる高校生の年子がいた。

「部長、お金じゃなくて、別のものを賭けても構いませんか?」

「何を?」

悪くない反応だった。

「どうしても明後日から三日ほど休暇が必要なのですが、私が勝ったら調整していただけませんか。何人ものスケジュールにかなりの支障をきたす、無理なお願いだということは重々承知しております」

「三日? 仁川《インチョン》空港に上陸だけしてトンボ帰りする気か?」

「首都に用事があります」

「彼女が来るって?」

ジェウクは笑いながら首を振った。

「サンジェイさんも、三日だけ一緒に行動させてください」

「ワン、ツー、スリー、フォー、どのサンジェイだ？　名字は？」

「四人もいるんですね。私と同年代のサンジェイ・バーブさんです」

「バーブさん……？　ああ、あの若い子ね。二人で首都に行って何するつもり？」

この質問にはお茶を濁した。部長は探り出すような目でジェウクを見つめていたが、それでわかるはずもなかった。

「大事な用事か？」

「はい」

「俺が勝ったら？」

「どうしましょうか？　お望みのものをなんなりと」

「海外派遣の延長申請はどうだ？　プラントが完工するまで？　オッケー？」

三日の休暇に対して何ヵ月もの延長を要求するなんて不公平だが、仕事ができていないわけでもなかったんだ、褒められていると解釈することにした。周囲も固唾《かたず》を呑んで見守る中、カードを見せるときが来た。ジェウクの手には10が四枚ある。もっと高いランクのフォーカードや、ストレートフラッシュが部長の手に握られていたときは計画を練り直す必要があった。それが可能なのか、前途は暗澹《あんたん》としている。部長のカードがぱらりと手前に返された。

フルハウスだった。ジェウクが安堵のため息をついた。部長はうわーと大きくため息をついていたが、同じく安堵しているのは明らかだった。あのまま現金を賭けていたら、家計の大きな負担となったはずの金額だ。

「明後日から三日間やればいいのか？」

「はい」

「行ってこい。なんなのか知らんけど」

部長と上司たちの目には気がかりなようすしかない。

「きちんと終わらせてご報告します」

その後のプレイで二回ほど適当に負けてやってから部屋を後にした。

翌日の昼寝タイムのときに事の顛末を報告した。サンジェイが寝ぼけた顔で尋ねた。

「なんで今日じゃなくて明日からですか？」

「休暇のスケジュールを変更するのって、そんな簡単じゃないはずだから。部長、今頃はパズルとにらめっこしてる心境かと」

「本当に僕の休暇まで取れるとは思っていませんでした」

「よく眠れなかったんですか？」

「明け方にあの子たちのところに行って、エナジーバーをいくつかと水や着替えを差し入れしてきたんです。洗濯の仕方を間違えて縮んだ服があったので」

ただの楽しい人としか思ってなかったけど、実は好い人でもあるんだな、ジェウクはサンジェイを高く評価した。ポーカーのプレイの余波でいつもより遅く起きたから、子どもたちをかくまっている部屋をのぞく余裕がなかった。

「次は俺が行ってきますから。明日も明け方に出発しないといけないし、今日は無理しすぎないで」

無理するな？　建設現場で言うセリフじゃないでしょう、サンジェイが皮肉った。確かにジェウクも三日間いなくなる前に、片づけておくべき仕事が山積みだ。疲労のせいで、逆に眠りは浅かった。子どもたちを連れ出そうと早朝に廊下の前で会うと、サンジェイも同じだったのか頭はぼさぼさ、目はくぼんでいた。

子どもたちは制服をビニール袋にしまい、サンジェイの縮んでしまった服を着ていた。それでもぶかぶかだ。何度も隠れていた暗い部屋をふり返っている。

「心配ないって。あそこにいた痕跡は、僕たちがなんとかするから」

サンジェイが言うと、前回よりは不安の消えた表情でカバンに入って縮こまった。四十キロくらいありそうな少女たちを一人ずつ担ぎ、階段を注意しながら下りていく。前日に会社から借りた車を近くに停めておいたから、カバンを落とす事故みたいなことは起こらずに済んだ。

半分ほど完成したプラントも、周囲の宿舎も、すべてが静寂の中で眠りについている。ここに来てから早起きが習慣になったジェウクも、この時間の砂漠ははじめてだ。サンジェイはかなりハイになっているらしく、日の出までかなりの時間があるというのに、もう額にサングラスをかけていた。後部座席に置いたカバンのファスナーを開け、プラントが完全に見えなくなるまで遠ざかってから、子どもたちに出てくるよう声をかけた。二人とも静かにカバンから出てきた。

サンジェイがアイスボックスのコーラを勧めた。子どもたちは黙って缶を開けると口をつけたが、一人が数口飲んだところで泣き出した。前の二人は慌てた。

「ウキ、あの子泣いてる」

ジェウクには想像しにくかったけれど、とんでもない事態に見舞われた人ほど、些細なことで涙があふれ出す場合もある気がした。例えばおぞましい日々を送った後に飲むコーラなんかだ。サンジェイが別の何かをあげようと無駄にアイスボックスを開けていたけど、あとで食べるサンドウィッチと水しか残っていなかった。ジェウクがルームミラーで後部座席を見ると、泣いていないほうの子が、泣いている子の肩を抱いていた。

「大丈夫そうですよ」

すぐに夜が明けたのでジェウクもサングラスをした。長い運転になりそうだ。

＊

「どうやったら人間が玄関のドアをボコボコにするの？　熊じゃあるまいし」

足で蹴りまくって凹ませたという部分が下だったから、かろうじてドアを閉めることができた。大きなすき間から風が入ってくるだけでなく、見た感じも不安だった。ジェインが到着すると、ギョンアは悔しいし悲しいと泣いていたけれど、ようやく落ち着きを取り戻した。

「図体がデカいの。力もあるし」

「何が望みだって？」

「よりを戻そうと、ぶっ殺してやるの中間くらいだと思う」

「クソッタレが、よりなんて戻せるわけないじゃない。警察が来たって？」

「うん。誰かが通報してくれた。ドアを蹴りながら喚いてたから」

「それで？」

「とりあえず連行して罰金刑になったって」

「罰金？」

「うん、次またやったら、通報して接近禁止命令の仮処分を申請するようにって」

「それだけなの。不安で生活できないじゃない？」

「それもそうだけど、どんな顔して会社行けばいいわけ？」

ジェインはしゃがみ込んでいるギョンアを抱きしめた。鳥みたいにか細い。こんな体格の子を玄関をぶっ壊す巨漢が脅したなんて、腹立たしくてしょうがない。

「恥ずかしいことじゃないよ。誰でも一度くらいは変な人間とつき合った経験あるはずだから、理解してくれると思うよ。別れてみるまでわからないもん。つき合ってるときから暴力的だったの？」

「私にはそんなことなかった。お酒を飲むと友達とケンカしたり、通りすがりの相手と言い争って険悪になったりして、ほんとのこと言うと、それが嫌で別れたの。遠恋も問題だったけど」

「別れて正解だったよ」

「実はね、先週も放してくれなくて。会社の前で待ち伏せされたんだ」

ギョンアが手首の痣を見せてくれた。家でも長袖を着る十一月末だったから、ジェインはまったく気づけなかった。

「よく逃げられたね」

「警備のおじさんが追い払ってくれて。やっぱり会社辞めようかな。もう噂になってるはず」

「何バカなこと言ってるの。どうやって知り合ったんだっけ?」

「紹介で」

「紹介した人がいけないんだ」

「その人も知らなかったんだと思うよ」

ジェインはうずくまるギョンアをそのままに、クローゼットからトランクを引っ張り出してきた。一つは大きく、一つは機内用で小さかった。背の高いジェインと小柄なギョンアみたいだ。

「貴重品と数日分の生活用品をまとめよう。ドアが閉まるとはいっても不安だから」

「どこ行くの？」

「エキスポ公園の隣にあるビジネスホテル、どこでもいいから予約しよう。ここにはいられない。また来たらどうするの」

「ごめん」

謝るギョンアに、そんなことないと首を振った。最低の人間は大勢いる。ジェインは父親のおかげで、はじめての恋愛のときから最低に対して感度抜群なアンテナが発動していたから、うまく避けてこられたけど、どんなに警戒心が強くても、女性が暴力的な男に引っかかるのは一瞬なのだ。最低は、他種の最低といつもどこか共通するところがあるから、寄せつけないための予防注射は早く打つに越したことはない、これがジェインの持論だった。

二人はいとも簡単に荷造りを済ませたし、ビジネスホテルは厚い遮光カーテンを使っていたから、ぐっすり眠ることもできた。しくしく泣いていたギョンアは、ジェインよりも熟睡していた。

朝食は味噌汁、トースト、フルーツといった軽食だったが、よく寝たからか食が進んだ。食事をしていたらアイディアが浮かんできた。

「その人、ピーナッツアレルギーって言ったたっけ?」

「違う、桃」

ちょうどフルーツを食べているところだったギョンアが答えた。

「ひどいんだっけ？　アレルギー」

「うん。カクテルに少し入ってるだけでも唇と口の中は腫れ上がるし、赤い斑点が広がって、ほとんど立ってられなかった。なんで？　あいつのところに行って桃でも投げる気?」

「いや、また来たときのために備えておかないと。また手首つかまれるわけにはいかないでしょ」

そう言われたギョンアは袖を引っ張って下ろした。

それから数日かけてジェインが作ったのは手製のネイルチップだった。最近はそうでもないみたいだけど、すごく長い爪をつけるのが流行った時期があった。不便だし、たぶん衛生面での理由から廃れたはずだ。その忘れられた流行がジェインの頭にひらめいたのだ。ギョンアの指にぴったり合うサイズのネイルチップを作った。ただのネイルチップではなく、二重になっていて内側に液体が入っている。桃のエキスだ。

仕事が終わり、ギョンアの指一本ずつに入念に貼りつける間だけは、事態の深刻さを忘れられた。弟しかいないから、こういうのやってみたかったんだよね、そんな感傷にまで浸った。ギョンアは長くなった爪がぎこちなく、同時に不思議そうだった。

「ストッキング穿くときは気をつけてね。引っかいたとき効果絶大になるように、細かい突起物がついてるの。伝線するよ」

「もっと濃い色がよかった」

「色は今からでもつけられるけど。目立たないほうが良くない？」

「本物の爪みたい。不思議だね」

そりゃ、本物の爪だもの、ジェインはぎくりとした。

「不便？」

「ううん、大丈夫。どうやって折るんだっけ？　下向き？　上向き？」

「上に折ると出てくる。ペンライト折るときみたいにすればいいから」

「使う機会がないことを祈ってる」

「二週間だけそのままにして、来なかったら外そう」

二人の願いも空しく、二週間もしないうちに使う機会がやってきた。ギョンアのストーカーである元カレは翌週も大田に現れ、残業を終えて帰るところだったギョンアに、首を絞めるのと胸ぐらをつかむの中間くらいの暴力をふるった。今度はギョンアも準備万端だったから、直ちにジェイン特製の桃爪を使用し、ちょうど迎えにいくところだったジェインも、そいつがギョンアをつかんでぶんぶん振り回すようすを動画に収められた。

「ちょっと、ひどくない？　駆けつけてくるのかと思ったら、離れたところで動画撮るなんて。頭をぐらんぐらん揺さぶられながら、びっくりしちゃったんだから」

すべてが終わり、警察署でギョンアがジェインに言った。

「爪を使ってるのが見えたから大丈夫だと思って。証拠があったほうが後始末も楽そうだし。私、冷徹すぎた？　うちのお母さんがさ、毎日のように私のことを冷徹だって毒づくんだよね」

「ううん、がっかりしたって意味じゃなくて。むしろ冷徹な人にしかない美徳みたいなのを感じた」

本音だったらしくギョンアは笑い出した。緊張が解けたのだろうけど、笑っているのも少し心配になる。警察署では桃のハンドクリームを塗っていたことにした。ストーカーは救急隊員の処置を受けると、ようやくきちんと座って調べを受けるまでに回復したけれど、魂の抜けたような顔を見たかぎりでは二度と現れることはなさそうだった。

また来たりしたら、そのときは桃の含有量を何倍にも増やしてやる。致死量に至るくらい。ジェインは危険なことを考えている自分に驚き、びくりと体を震わせた。

爪は武器だった。文明社会に生まれたから忘れていたけれど、確実に武器だった。ギョンアを救ったのだから、慌ただしかった日々もこれで終わりを迎えるのだろう。なぜか残念だった。武器を所持している気分、誰かを救いたいという意志はジェインのエネルギーになっていたのだ。子どもの頃から、こういうお話が好きだった。ほとんどの物語では救われる側の女の子が、誰かを助けるストーリー。女の子が女の子を助けるストーリー。いまだに理解不能な経緯で、そのお話の世界に落っこちたわけだけど、もう抜け出すときが来たのかも。悪くなかった、自らにそう言ってみる。

ジョギングを始めた。陸上部だったくせに、ずっとサボっていたという自責の念に駆られたのだ。爪は少し伸ばした。

*

クリスマス休暇を控え、科学の先生が興味深い提案をしてきた。全校生徒が百人にも満たない小さな学校だから可能な話なのだろうけど、ペアを組んで紙飛行機を作る、そして二週間後に距離と滞空時間を競う紙飛行機の大会を開いて、入賞者には賞も与えるというのだ。

「えー、そんな賞もらっても使い道がなくない？」

「うーん、大学入試のエッセイに書いてもいいし」

ジェフンが戸惑いながら尋ねるとフィービーは爽やかに答えてくれたから、内心ペアになれたらと期待したのだけど、結局はテイトと組むことになった。科学の先生は大学時代、ギネス記録にチャレンジしたこともあるそうだ。失敗に終わったけど、いい思い出として残っているのか、生徒たちにも勧めたいらしかった。毎年の記録保持者がどうやって紙飛行機を折っているのか、YouTubeで動画を見せてくれた。ノーマルなデザインを選んでもいいし、変形バージョンや、新しい形にしてみてもいいそうだ。不意にお兄ちゃんを思い出した。こういうの得意だよな。でもお兄ちゃんは砂漠で苦労している最中だろうから、テイトとあれこれ試してみることにしたのだが、なかなかうまくいかない。一般的な紙飛行機と同じようにしか飛ばないのだ。

「飛ばし方も大事だって。アメフトのクォーターバックたちがやってたけど?」

テイトよりも腕力があるジェフンは飛ばす練習までする羽目になった。テイトがトンボみたいな眼鏡をかけてあれこれ口出ししてくるから、ジェフンはこれじゃあ痩せちゃうよとぶつぶつ言った。それでもジェフンのチームは頑張っているほうだった。ギャビーが単球増加症だか何かで欠席していたので、フィービーは子どもが折るようなのを一、二度作っただけで、別の勉強をしていた。誰も真剣にやっていないから、もしかすると勝算は高いかもと思ったら、ひそかにやる気が出てきた。ジェフンは数学と科学の天才だという誤った噂を、確固たるものにしてから韓国に帰国したかった。科学の先生はジェフンを見かけるたびに、アクションカメラだとかドローンなんかで大会を撮影するプランについて、ハイテンションで話してくれる。先生をがっかりさせたくなかった。テイトは先にランチを食べにいき、最後に一度投げてみると、紙飛行機は校外まで飛んでいった。大会用じゃなかったけれど、かなりの飛翔力を持つヤツだったから急いで探しにいくと、遠くからこちらに歩いてくる二人が見えた。ゾンビドラマのエキストラかな？

いや、あれはキノコを食べた連中だ。もうジェフンにも区別がつく。休暇前の最後の平日だった。その辺のキノコを浮かれて拾い食いしたんだろう、ジェフンはため息をついた。ジョージアって、なんでこんなキノコに最適の気候なんだよ。しかも向かってくる二人は、それぞれ長い銃と長くしなる山刀を手にしていた。湿地で使われるあれだ。なんて名前だっけ。何も考えずに近づいてくる姿を見守っていたら、二人はジェフンを見ると何やら話し合い出した。そしてさっきよりも確信に満ちた足取りで学校目がけて歩き始めた。

なんで？

なんで学校に来んの？

自分の何がキノコ野郎たちを刺激したのか、さっぱりわからなかったけれど、武器を持った幻覚状態の男たちが学校にやってきて良いことなんて一つもない。学校は小さくて開放的な建物だ。ジェフンは食堂へと走った。こんなに速く走ったのは人生初だった。

テイトとフィービーは幸いなことに入口の近くに座っていた。

「マテ」

ジェフンが焦って言うと、テイトは何言ってんのという顔で見上げた。あとから気づいたけど、ジェフンは山刀のマチェットをマテと言い間違えたのだった。

「ナイフ」

「ナイフ?」

フィービーが食事用のナイフが必要なの？　と差し出した。その顔に、この子、なんでまた急に英語ができなくなっちゃったのという表情がよぎった。

「違う違う、そうじゃなくて山刀と銃を持った、キノコを食った男たちがこっちに向かってるんだ」

ジェフンがついに文章で話すと、テイトの顔が真っ青になった。窓の外を確かめると、もっと真っ青になった。そして素早くテーブルの上に飛び上がった。

「武装したヤツらが、たぶん幻覚状態で、こっちに向かってきてる！　鍵のある教室に移動してドアを閉めて！　先生たちに知らせて、警察にも電話を！」

テイトはかなり落ち着いて叫んだけど、それを聞いた子たちは落ち着いていられなかった。最初に下級生が悲鳴をあげて教室側の通路に殺到し、上級生は携帯電話で警察に通報しようとしたけれど、何しろ電波の状態が良くない。学校がわざとやっているわけではなくて、村の中心部から外れているせいなのだが、生徒たちが携帯電話を使えないようにという方針から電波状況を改善させなかったのだ。ジェフンは食堂を見回した。先生は一人もいない。お昼休みくらいは生徒たちから解放されようと、教員用のラウンジで休む人がほとんどだった。

その間にも二人のキノコ服用者はゆらゆらと食堂の入口まで迫ってきていた。ドア付近に座っていたジェフンたちは逃げ出せていない状態だった。廊下から教室のドアの鍵を閉める音が聞こえた。まだ廊下にいた生徒たちがパニックになった。

三人を救えって書いてあった、ジェフンは乗り物酔いみたいな感覚に陥りながらも考えようと集中した。絶対にそう書いてあった。三人って。フィービーとテイト、もう一人は誰だろうとふり返ってみる。ゴミ箱の近くにワイアットが倒れていた。干し草を切る機械で足の指を切断してしまい、アメフト部にジェフンを代役として送りこんだ、あのワイアットだ。普段はちゃんと歩けているのに、急いだせいで転んでしまったようだ。ジェフンは急いでワイアットを助け起こした。

そのとき、エレベーターが目に入った。学校は平屋建てだ。あれがエレベーターだとは思いもしなかった。

その鉄製の小さな箱は前世紀に防空壕へ下りる運搬用として作られたものだった。防空壕は給食の材料の貯蔵庫になっており、本来の用途で使われたことは一度もない。第二次世界大戦と冷戦時代にキューバとの緊張が高まるなかで作られたそうだ。ひんやりしていて湿気もなかったから、食料品を貯蔵するのにぴったりだった。お昼休みのたびに百人分の食材を上げるのは大変だからと、給食会社が小さなエレベーターを設置したのは、つい数年前の話だった。給食会社のスタッフはキッチンの裏口からうまく逃げたようだ。お願いだから警察呼んでと、心の中でつぶやいた。

ジェフンが三人をエレベーターの前に連れていくと、フィービーが叫んだ。

「J、鍵がないじゃない。これじゃあエレベーターを動かせない」

「いや、鍵ならある」

いつも首からかけてTシャツの中にしまっていた、正体不明の誰かが国際小包で送ってきた鍵だ。ジェフンは確信をもって、エレベーターの横にある穴に差しこんだ。

「なんで、そこの鍵持ってんの？」

テイトはびっくりしたみたいだったけれど、機械が動き出す音がすると、それ以上は訊かなかった。小さな鈴の音とともにドアが開く。ジェフンは三人を先に入れてから再びドアを閉めた。ワイアットは転んだときに怪我をしたのか、小さなうめき声をあげた。

ドアが閉まる直前、学校に侵入してきた二人のうちの一人と目が合った。焦点が定まっていなかった。

＊

ジェウクは信じられなかった。これだけ現代的な都市が、もっとも才能のある建築家たちが二十一世紀のすべてを集約して造ったこの都市が、一面真っ赤だなんて。

都心のホテルに部屋を取ってサンジェイに子どもたちを任せると、ジェフンは今後について探ってみようと出かけたが、午後を丸々費やしてもなんの成果も得られなかった。ビルとビルをつなぐ連絡橋で、ビルとビルの間に吹くエアコンの風を浴びながら立ち尽くした。座る場所がなくて、このまま床にしゃがんでしまいたかった。外交を司る省庁の前、警察庁の前、この国で正式に認められた唯一の人権団体の前をうろつくたびに警告灯がついた。誰かがジェウクの中に植えつけた鑑別能力が小さな電球を灯すのだ。非科学的だけど効率的な能力だから、今回も信用するしかなかった。六時間も車を走らせてきたのに、安全な場所が見つからないなんてとため息をついた。

まあ、国内に人権団体が一つしかないことからして問題だった。それすらも監獄に収監されている政治犯を助ける目的に特化していた。国から認められていない人権団体もどこかで活動しているはずだが、ジェウクには接近する手立てがなかった。暑さと失望で目眩《めまい》がした。通り過ぎた人が大丈夫ですかと尋ねるほどだった。

ホテルに戻ると、三人は一つの部屋に集まって引きこもっていたようだ。床に新聞紙が敷かれ、髪の毛がぱらぱらと落ちているのを見ると、どうやらサンジェイが子どもたちの髪を切ってあげたらしかった。

「必要なもの買ったり、見物したりすればよかったのに?」

そのためにカードを預けていったジェウクとしては当然の疑問だった。

「子どもたちが出かけたくないと言ったので。食事はルームサービスを頼みました。外に出ない代わりに、たくさん話をしました」

サンジェイが紙の束を差し出した。同じアラビア語でも異なる方言を使っているので、これまではコミュニケーションが難しかったけれど、筆談にしたら成果があったようだ。子どもが紙を一枚抜き出して言った。

「ヒヤム」

来る途中で泣いていた子だ。その子の名前をジェウクはくり返し発音してみた。

「スアド」

泣かなかった子も名前を教えてくれた。ジェウクはその名前も口にしてみた。

「通っていた学校の名前も教えてくれました。ウキ、調べてみますか？　どうも人身売買の団体に襲撃されたようです」

サンジェイの言う学校名でニュースを検索してみたけれど、襲撃については何も出てこない。学校が襲撃を受けてもニュースにならないのか、あるいはニュースにならないようにしたか、どちらにしても、そんな国には子どもたちを送り返せないと決意を新たにした。

その学校は戦争孤児、中でも少女たちのためにと往年のハリウッド女優が建設したそうだ。戦争孤児だったとは、経験する必要のないひどい目に二度も遭ったということだ。

「これからどうします？」

サンジェイができるだけ催促しない口調で尋ねた。もう休暇の一日目が終わろうとしている。帰るのに必要な時間を計算すると、残りの二日間も丸々使えるわけではなかった。

その瞬間、ふと恋人のことを思い出した。

「彼女がインターネット検索をするのが得意なんですよ」

「えっ？」

「プロに近い腕前で。友達がつき合い始めた男の内偵とかで、ものすごい成果を上げていて。週に一度は依頼が来るほどですから」

「警察みたいなものですか？　探偵？」

「いや、ただの会社員です。サイバー捜査隊で働けば、もっと適性に合うのかもしれないけど」

「ヨガが上手だっていう、あの彼女？」

「ヨガも検索も上手なんです」

意図せず彼女自慢になってしまったけれど、サンジェイは親切にうなずいてくれた。

「ちょっと彼女と電話してきます」

誰もいないほうの部屋に行って電話をかけた。三、四日ほど話せていなかったから気が重かった。合間にメッセージはやり取りしていたけれど、それだけではとても足りなかった。

電話に出た瞬間から、彼女の声には失望からくる寂しさや距離が感じられた。ジェウクは反省した。これまでの出来事をできるだけ詳しく話すと、彼女の頑《かたく》なな態度も少し和らいだ。

「それでも私にはもっと早く話すべきだったよね」

穏やかな性格の人なりの最大限にきっぱりとした口調だった。

「うん、どうしてか自分でもわからない。ボケてたし、鈍感だった」

そこからの説明が難しかった。このまま別の人間の手に、機関の手に子どもたちを委ねられない理由を説明する必要があった。目の前が真っ赤になるからとはとても言えない。

「信頼できない」

ジェウクにできるベストな説明だった。

「でも、その辺りでは、わりと開放的で現代的なところなんじゃないの?」

「そうだけど、〈わりと〉っていうのが問題なんだ」

真剣な頼みだと知ると、彼女は調べてみると答えた。早朝に起こして、こんなことをやらせる恋人は最悪だとも言ってたけど、笑みを含んだ声だった。最初から話すべきだった。巻きこむべきだった。ジェウクは彼女に会いたかった。

一日中引きこもっていたサンジェイをホテルのルーフトップバーに送り出し、今度はジェウクが子どもたちを見ることにした。スアドは十一歳、ヒヤムは九歳と言っていたから、ずっと一緒にいる必要もない年齢だ。わかってはいるけれど、どういうわけか見守るべきだという気がしたのだ。子どもたちはテレビを観ながら寝落ちした。一人に一つずつベッドがあるのに、同じベッドで体を寄せ合って眠った。不安なのかなと気の毒になった。昼間に書いたという紙の束をめくってみる。手をつないでトラックから飛び降りる二人の子どもの絵があった。文字は一切判読できないので収集できる情報があまりに少なかった。アラビア語を勉強しとくんだったと、少し後悔した。でもＴＯＥＩＣだって卒業に必要な最低点すれすれだったわけだし、ましてやアラビア語なんて無理な話だった。ジェウクがバルコニーとソファをうろうろしながら眠れずにいると、彼女から電話がかかってきた。

ソウルはもう朝のはずだ。

「ジュネーブに送るのがいいと思う」

「ジュネーブ？」

飛行機のチケットやら何やら、まったく準備できていないジェウクは頭が真っ白になった。

「そこに国連難民高等弁務官事務所の本部がある。ジュネーブに連れてってくれそうな人も見つけた」

「そうなんだ、誰?」

人権運動のキャリアがあるノルウェー大使が、今この都市にいるそうだ。数年前に自国民が無実の罪で投獄される件があった後に、新たに赴任した大使だ。

「その子たちの身元を証明できるものって一つもないよね? 難民パスポートとか、ほかにも書類が必要だし。大使館にアポを入れておいたから。すぐには無理みたいで、そっちの時間で明後日の朝になる」

「ありがとう」

ジェウクは彼女をぎゅっと抱きしめたかった。それができない距離にいるのがもどかしくて、一瞬体が震えるほどだった。ジェウクのそんな気持ちだけは、彼女にも伝わったようだ。

明後日の朝だとすると、失敗した場合は無断欠勤をすることになるだろう。そうなるとサンジェイは解雇されるはずだから、先に送り返す必要がある。子どもたちと一緒に、もう一日過ごせることになったのはラッキーだけど。

外出しようと誘うと、子どもたちはヒジャブをつけると言った。

「今までしてなかったじゃない?」

学校の方針だったのか、まだ初潮を迎えていない年齢だからか、確かなことはわからなかったけれど、最初に会ったときからヒジャブはつけていなかった。ジェウクとはコミュニケーションの取りようがなかったから、スアドは標準語のアラビア語を使って苦労しながらサンジェイに説明した。

「たぶん、誰かにいちゃもんをつけられそうだから、つけるみたいです」

サンジェイも気乗りしないようすだったが、ホテルの地下アーケードで簡単に買えた。子どもたちはかなり慣れた手つきでヒジャブを巻きつけ、お互いの外に出ている髪の毛を内側に押しこんだ。昨日街を歩いたときに現地の女性を一人も見かけなかったと、ジェウクはようやく気づいた。外国の女性はたくさんいたけれど、現地の女性は室内での生活がメインのようだ。

彼女が子どもたちに必要なもののリストを作ってくれたので、ジェウクのショッピングはスムーズだった。リストにないものも、子どもたちが欲しがっていないものも買って持たせることにした。こうやって豪快に買い物をしたのはいつ以来だろう。いや、生まれてはじめてかもしれない。派遣されて一時的に増えた年俸は、韓国に戻れば元の金額に戻るだろうけど、これまでの分は使い道もなかったから、ほぼ手つかずで残っていた。外出着と部屋着、スニーカーに革靴、ハンカチとサンダル、学用品の数々、日焼け止めクリームとクレンジング用品、そのすべてを入れる小さな旅行カバンも買った。ヒヤムとスアドはしばらく悩んでいたが、おそろいの色違いを選び出した。二人はジュネーブに送られるだろうけれど、その後の行き先は不透明だ。砂漠を越えてきた子どもたちは、まだ旅程半ばなのだ。

サンジェイにもあれこれプレゼントしたかったのに、彼は頑として受け取ろうとしなかった。

「僕たちは友達でしょう。だったら一方的にもらうわけにはいかない」

二人とも似たような苦労をしてきたわけだが、年俸の差は何倍にもなるはずだ。しつこく粘って、ようやく時計を一つ贈ることができた。太陽電池が内蔵されているから割らないかぎりは砂漠で動き続けるはずだ。あんなに固辞してたのにサンジェイは時計を見つめ続けていた。ジェウクは彼女のハンドバッグも選んだ。都市全体が免税地域なので、どうしても買ってあげたかったのだ。たくさんある中から良さそうなのを一つ選ぶと、いきなりスアドが首をぶんぶんと振り出した。ここまで強い意志表示を見せたのははじめてだったから、サンジェイは大笑いしていた。ヒヤムが〈それじゃなくて、あっちのほうが可愛い〉と言うように、別のハンドバッグを指差した。今度はスアドもうなずいてくれた。飛行機の絵を描いて今後の予定を簡単に説明すると、子どもたちは少し怯えたようすだったが打ち勝ってくれた。一日かけて首都を元気いっぱい見物した。スニーカーを買ってあげてからは、よく歩くようになった。新しい旅行カバンを自分で持ちたがったので、重い荷物を抜いてあげた。

ホテルの近くにある高級レストランに四人並んで座ると、コーラを飲みながら泣いていたヒヤムが今回も涙を見せるのではとジェウクは気がかりだったが、心配は杞憂《きゆう》だった。高級なレストランはどこも高いところにある。四人は美しい夜景と、その夜景をところどころ曇らせている砂風を眺めながら、ゆったりと食事をした。コースのメインもおいしかったけれど、果物のデザートが印象深かった。スアドのため息を聞いたジェフンの心も満たされた。子どもたちの件はうまくいくだろうという予感がした。

翌日のノルウェー大使館では拉致犯のような扱いを受け、ジェウクは予感なんてものを簡単に信じちゃ駄目だと自分に言い聞かせた。大使館の前で目の前が赤くなることはなかったけれど、それでも慌てた。こんなふうに扱われるのは悔しいが、まずは疑ってかかるノルウェー大使の念の入れようが、ジェウクとしてはむしろ安心できた。状況を説明するサンジェイの額には血管が浮いていて、かなり怒っているようだ。幸い子どもたちと言葉の通じる専門の通訳官がいたので、調査は長引くことなく終わった。

ようやく目つきが穏やかになったドナルド・サザーランド似のノルウェー大使は、流暢《りゅうちょう》な英語でジェウクとサンジェイを安心させる言葉をかけてくれた。二人のプラント仕込みの英語は単刀直入で、無駄がない代わりに流暢ではなかったから、感謝の言葉はシンプルだった。ジュネーブとノルウェー本国の間でうまく調整して、子どもたちができるかぎり安全で健康な環境で教育を受けられる条件を作ってくれるそうだ。最短のスケジュールで出国する予定で、大使が同行するという約束も取りつけた。プラントと韓国の連絡先を残し、ジェウクとサンジェイは欠勤しなくて済むように戻ることにした。

ヒヤムとスアドを残して帰るのは思っていた以上に大変だった。ヒヤムは指をもじもじさせていたが、やがてジェウクの手を握った。二人の子どもは数日前のように不安そうな表情だった。サンジェイもそれは同じらしく、ダンスステップを踏むみたいにうろうろ歩き回っている。ジェウクは二人の前にしゃがむと、ポケットからレーザーポインターを取り出した。そしてワンピースのポケットの中をぎゅっと握りしめているスアドの手を引き出すと、そっと握らせた。

「どこにいても、これを発射すればわかるはず。今度は、俺が光を追って探しにいくから」

後ろに立っていた通訳官がジェウクの約束を、嘘を通訳してくれた。今度はスアドが泣き出した。

子どもたちとジェウクが再会することはなかった。二人はジュネーブを経由してロンドンに送られ、ヒヤムは看護師になり、スアドは故郷に戻って人身売買の撲滅運動に身を捧げた。スアドの率いる支部にはじめて救助ヘリが割り当てられると、彼女はウキと名づけた。その次にやってきた装甲車の名前はサンジェイにした。スアドとヒヤムは二人の連絡先を探そうと、あちこち訊いて回ったけれど、ノルウェー大使が早世したうえに書類が行方不明で見つけることはできなかった。

＊

ウンチーム長がメッセンジャーでデートのお誘いをしてきたとき、ジェインは新たなチームプロジェクトで多忙を極めていたけれど、週末のスケジュールを空けることにした。彼は完璧ではなかったけれど、直して使う価値のある男だった。ここ数年は恋愛お休み中の身でも、その程度の判別能力は十分に残っている。

自動車用の新コンセプト照明を開発するプロジェクトは、久しぶりにジェインを奮い立たせていた。ブレーキや方向指示灯に使われる赤系統の照明で、今までよりもかなりまぶしさが抑えられるし、パネル自体も自由に曲げられるので画期的だと期待されている。

活気の中で忙しく働いていると、ウンチーム長が短めのメッセンジャーで初デートはどこにしようかと相談してくるのが楽しかった。それなのに金曜日になって、お母さんから電話があった。

「お父さん、もう戻ってこないから」

お母さんはぶっきらぼうに言ったけど、ジェインは胃酸が逆流するのを感じた。お父さんが帰ってきたときもだけど、お母さんは、お父さんがもう戻ってこないときがいちばん危なかった。デートは延期した。弟のどっちかでもソウルにいてくれたらよかったのに、二人ともあまりに遠すぎた。

ジェインが到着したとき、お母さんは布団を叩いていた。例のお父さんのテニスラケットで。気温が一気に下がり、しかも冬の日差しはぼんやりしていて、布団を乾かすには向かない日だった。

「洗濯機に布団モードあるんだし、そっち使ったら」

「昔の布団だから厚くて重いのよ。洗濯機じゃ回らない」

布団は重そうに見えた。手すりからぎしぎしという音がした。外から吹きこんでくる風が冷たくて、コートを着たままお母さんの背後をうろうろした。

「私がやるから、お母さん。手すり凍ってるじゃない。そこには上らないで。滑ったら危ない」

テニスラケットを奪おうとすると、お母さんは思い切りジェインの手を振り払った。手すりで滑ったのではなかった。三十数年前にマンションが建てられたときから凍っては溶けることをくり返し、限界に来ていた手すりそのものが沈んだ。お母さんは悲鳴をあげる間もなく視界から消えると、下の階にぶら下がった。

ジェインは元ハードル選手だ。飛び越えなくてはいけない対象とタイミングを本能でキャッチした。片側だけ斜めにぶらぶらしている手すりを越えると、指の爪で壁を引っかきながら下りていった。いつもより伸ばしていたのが役に立った。爪でこすられたコンクリートの粉が頭上に落ちてきて、ジェインは頭をぶるぶると振るわせた。

「お母さん、私の首につかまって！」

お母さんはかろうじてぶら下がっていた。下の階のベランダはアルミニウム素材のものにリフォームされていた。お母さんの体重を十分支えられそうだけど、何しろつるつるしていた。顔が真っ赤なお母さんは答えることもできない。ジェインまで落ちたら大変だと恐れているのか、近寄ると首につかまることを拒否した。仕方なく右腕でお母さんの体を抱え、左手で壁をぎゅっとつかんだ。爪の力が強いだけで腕の筋力は使い物にならなかったから、奮闘も空しくジェインは下に滑っていくばかりだった。

足が届きそうなエアコンの室外機は反対側にあり、冬ということもあって開いている窓もない。それでも網戸のおかげで落下するスピードを遅らせることはできた。他人の家の網戸を爪で四枚も破く羽目になったけど、そんなこと言ってる場合ではなかった。

「お母さん、お願いだから、私につかまって！」

ジェインが耐え切れずに叫ぶと、ようやくお母さんはジェインを引き寄せた。両手を使えるようになったジェインは、墜落するスピードをさらに遅らせることはできたけれど、花壇に落ちたときは二人とも深刻な打撲傷を負った後だった。ジェインは手首の骨にひびが入り、お母さんは歯が一本折れた。じきに全身痣だらけになるのは目に見えている。先に落ちた布団が、すぐ隣でよじれていた。

人々が駆けつける音を聞きながら、二人は冷たい花壇に横たわっていた。十三階から落ちたのに、三階から落ちたくらいの怪我だった。三階から落ちても死ぬときは死ぬから、この程度で済んでよかった。お母さんは泣いていた。ジェインはむしろ笑いたい心境だった。あのときどうしてギョンアが笑ったのか、ようやく理解できた。サイレンの音が聞こえてくる。見上げてみるとジェインが破きながら下りてきた網戸が、誰かの黒くて薄いベロみたいに外側に向かって垂れ、風に吹かれている。どんよりとした曇り空だった。どうしてこんな日に布団なんて。

手はめちゃくちゃだった。特に左手はひどかった。爪が二本、もしかすると三本ははがれたようだ。また強い爪が生えてくるかはわからない。お母さんを救うためだったのかな？　ギョンアじゃなかったの？　会社の人たちは？　こんな単純な道具として使うためだったなんて、これまでの努力はなんだったんだろうと脱力してしまった。

コートのポケットで電話が鳴り、ジェインは怪我してないほうの手で取り出してみた。

出る前に切れた。着信は二度、ジェウクとジェフンだった。

「悪いヤツらめ、普段は電話なんかしてこないくせに」

お母さんは号泣し始めた。わざと落ちたんじゃないのは明らかだけど、十三階から見渡せるソウルの全景を眺めながら落ちても構わない、あるいは落ちたいと、ずっと思ってきたんじゃないかとジェインは疑っていた。母娘だけがお互いに見抜ける後頭部の表情みたいなのがあって、お母さんを見るたびに危うい気がしていた。事故でも本当に落ちたことに変わりはないのだから、もう家を出る潮時だ。お父さんの家を。

最終的にジェインの願いは叶《かな》った。折れた手すりという証拠があそこにぶら下がっているというのに、人々はお母さんが自殺を図ったのだと噂した。半生を過ごしたマンションでそんな噂が立つと、いくらジェインのお母さんでも引っ越さないわけにはいかなくなった。破いた網戸代を弁償しようとジェインが下の階の家々を訪ねたときに向けられた眼差しから、ある程度は予想がついていたわけだが。

引っ越しと離婚は自然に同時進行された。

＊

「ギャビーがうらやましい。私にも移ればよかったのに」

フィービーが強すぎる自身の免疫力を責めながらつぶやいた。テイトは痩せた体を縮めて、みんなの場所を確保してあげようとしている。ワイアットはポケットからイヤホンを出すと、片方使う？　と勧めてくれたけど、どう見ても彼には二つとも必要そうだった。

これよりひどくなる可能性もあった。三人とも救えないとか、エレベーターを見つけられないとか、大柄な子がジェフン以外にもいて、むちゃくちゃ狭いとか。

最初は食料品の倉庫に下りて、そこに隠れようかと考えた。でも、すぐ近くで銃声が聞こえて諦めた。段ボール箱でほとんどふさがれていたけれど、下りてこられる階段もあった。真上にいる彼らに見つかるリスクがあったから、エレベーターの中に留まることにしたのだ。

「散弾銃っぽいね。さっきのあの音」

テイトが言った。ジェフンは地下にいたエレベーターを、一階と地下の間まで少しだけ引き上げた。階の中間にいればドアをこじ開けられたとしても、少しは安全な気がした。

エレベーターの異常な動きを前に、テイトとフィービーは意見を交わしていたけど、ジェフンは知らんぷりしていた。さっきから首の後ろにテイトの視線が刺さっている。

「どれくらい経ったかな？」

「二十分くらい」

「じゃあ、そろそろ警察も来る頃かな？」

「うん、警察署からここまでだと、それくらいかかるかな。ほかの生徒とか先生たちも電話してるはずだから、確実に」

ジェフンはソウルが恋しかった。ソウルだったら警察署は近くにあるはずだ。エレベーターの中でも電波が通じたはずだ。何よりも銃なんかないはずだ。

そのとき、カン、カン、カンとマチェットを金属に振り下ろす音が聞こえてきて、さすがにジェフンも認めるしかなかった。ソウルにも刃物はあるな。


「外に出たら何したい？」

テイトが尋ねた。さらに十分ほどが過ぎていた。

「アイスティー。アイスティーが飲みたい」

ジェフンはそう言ってから、ものすごく南部の人っぽい答えだなと自分で驚いた。

「私はアイスクリーム」

「僕はアイスパック」

フィービーとワイアットが続けて答えた。ワイアットの足首は、今や誰の目にも明らかなほど腫れ上がっていた。

「テイトは？」

「家に帰って、お母さんと一日ずっと一緒にいる」

いつもは早熟な印象のテイトがそんなことを言ったから三人とも笑ったけれど、すぐに自分の家族が頭に浮かんだ。ジェフンはお母さん、お姉ちゃん、お兄ちゃんが海外ニュースで学校の襲撃事件を見たら、どんなに驚くだろうと心配になった。

結論から言うと余計な心配だった。ジェフンの学校で起こった事件は大してニュースにならなかった。あとで家族に話したときも大げさだと思われ、ジェフンは悔しさのあまり頭に血が上りそうになった。誰も撃たれなかったからニュースにならなかったのだ。いや、撃たれた人がいることはいた。生徒たちと科学室に隠れていた科学の先生に、ドアを貫通した散弾銃の一部が命中したのだ。幸いなことに大事には至らなかった。

それ以上の死傷者はなく、警察と対峙する最中に幻覚から覚めた二人の地元住民はおとなしく投降した。彼らの供述に寄れば、学校がカミカゼの襲撃に遭ったので助けようとしたのだそうだ。あとから新聞で読んだジェフンはあきれてしまった。まさか僕が紙飛行機を飛ばしてたのが、そう見えたってこと？

生徒たちが一面に落書きしてくれたギプスを腕につけたまま、科学の先生は紙飛行機大会の司会をした。ジェフンとテイトは遠くに飛ばす部門で三位になった。一位はジェフンよりも二学年下の生徒で、ひと目で賢そうだとわかる子だったから、そんなにプライドも傷つかなかった。二位は、いつだったかタックルでジェフンをごろごろと転がしたサムのチームだ。腕力で投げた結果じゃないかという疑念がないわけではないけれど、おめでとうと言ってあげることにした。

帰国の前日、ペリーが最後のプレゼントを差し出した。刃渡り二十センチほどの小さな緑色の軍用ナイフだった。年代物に見えた。

「ナイフだ」

ジェフンはなんて言うべきかわからなかった。

「俺が軍隊にいたときに使ってたナイフだ」

「僕にくれちゃっていいんですか？」

農場ではナイフを持ち歩く用事はたくさんあったけど、ソウルではなさそうだった。でもペリーにとっては大切な品物だということも、ジェフンとの別れを名残惜しく思っていることもわかったから、その場で受け取った。ケイラおばさんは農場でしぼったヤギの乳で作ったチーズをくれた。お姉ちゃんが喜ぶかもしれないと思った。匂いの強いチーズをよくもまあ、あんなに食べられるもんだ。

夕方にはテイトとフィービー、ギャビーが訪ねてきた。学校でも別れの挨拶はしたけど、もう一度会いにきてくれたのだ。

テイトは背中をばんばん叩きながら、そっと胸を合わせる男同士のハグをした。そうしながら耳元でそっとささやいた。

「バイバイ、僕のアジアン超能力ブラザー」

アハハとジェフンは笑ってしまった。

ギャビーは同級生たちから集めたという手紙の束をくれた。ちらっと見ただけだけど、目につく名前がいくつかあった。思っていたよりも情が湧いたと認めるしかなかった。

フィービーはアメリカ国旗を外側に自分で描き、中に土を入れた小さなガラス瓶をくれた。これまた土とは。

「ジョージアの土よ。見るたびに私たちを思い出して」

いやいや、わざわざ救ってまであげたのに、なんで土なんだよ。しかもアメリカ国旗って、キミたちにとっての大切なものでしょ。ペリーもそうだけど、ジョージアの人たちはプレゼントについて真剣に悩んでみる必要があると、心の中でぶつくさ言った。そのときフィービーがジェフンをそっと抱きしめた。そして長くも短くもないキスを頬にした。

「バイバイ、私のエンジェル」

それまでの不満はどこへやら、ジェフンはみんなに向かって笑顔を見せた。

ジョージアは悪くなかった。

*

「空港で待ってたのに、全然出てこないんだもん」

ジェインがフードデリバリーの箱を大きく広げながら言った。いまだに末っ子が危険物の不法持ちこみの取り締まりに引っかかり、税関に足止めされて一時間も出てこられなかったのが信じられないようだった。

「知らなかったんだよ。急にもらったから、そのままカバンに入れてたんだ。お姉ちゃんに渡そうとチーズももらってきたのに、それも没収された」

ジェフンとしては無念だった。十五センチ以上のナイフはトランクに入れて預けたとしても持ちこめないなんて知らなかった。凶器として犯罪に使用される可能性があるから、一般人はじかに運ぶことはできず、代行業者を介してあらかじめ許可を取らなくてはならないそうだ。こうやって押収されて廃棄処分されたり、送り返されたりする刃物類は年間で十億ウォン相当になる、周囲にも周知させるようにと、税関の職員に軽く忠告された。廃棄を免れて送り返せたのは不幸中の幸いだった。ナイフだけぽつんと帰ってきたのを見たらがっかりすると思い、数日後に急いで別の小包も送った。お母さんと仁寺洞《インサドン》に行って、ペリーには天然染めのタイと苧麻《カラムシ》のシャツを、ケイラおばさんには螺鈿《らでん》の宝石箱を買った。伝統的な模様が描かれたカードにナイフが帰ることになった事情を書き、近況を書き足してジョージアに送った。

数日前に休暇で戻ったジェウクは帰国早々のデートで頭がいっぱいだったが、ようやくひと息ついて夕方のひと時を家で過ごしているところだった。日差しのせいでホクロがたくさんできていて、ジェインは皮膚科を予約してあげなきゃと思った。皮膚以外は派遣される前よりも全体的に良さそうに見えた。ジェウクはVODサービスで三人一緒に楽しんでいたシリーズのスーパーヒーロー物を選んだ。新たに出た外伝のような映画で、監督が代わったせいか、ちっとも面白くなかった。

「私、こういう映画嫌い。白人の男が制圧されてるアジア人の女を助けるって話でしょ。アジアの女は、なんでいつも助けられる役しかできないの？　そんなのいらないって」

映画は中盤に差しかかってもイマイチで、ジェインが文句を言った。

「この映画がつまらないのは確かだけど、人間が自分で自分を救える場所は、まだ世界のごく一部にしかないと思う。ヒーローとまでは言わなくても、助けてくれる人は多ければ多いほどいいんじゃないかな？」

ジェウクの言葉にジェインとジェフンも異論はなかった。三人は自分が救った相手のことを、それぞれ思い浮かべた。

「それに、もしかすると助けられた側が、助けた側なのかもしれないし」

ジェウクが言い足した言葉を、ジェインとジェフンは手を差しのべた側の感情報酬のようなものだと解釈したけれど、実際はもっとストレートな意味だった。ジェウクとサンジェイが首都に行っている間にプラントで事故が発生したのだ。溶接中に感電事故が起こって怪我人が出たのだが、命が助かって幸いだと言われるほど深刻な負傷だった。その区域は首都に行っていなかったら、彼らが担当していたはずだった。二人が子どもたちを助けたのではなく、子どもたちが二人を助けたのかもしれない。どちらの意味での二人だったのですか、ジェウクは今もたまに気になる。

「新居はどう?」

ジェインがジェフンに訊いた。

「前の家より広くて清潔だから、僕は満足」

以前よりも交通は不便だし、中心街からも外れた町なのに、家を見つけるのは至難の業だった。ジェインが受け取った一人プロジェクトの収益金が大きな役に立った。不完全なデータを提出したにもかかわらず、会社はジェインの爪スラリーで登山服用の繊維を作り出すことに成功した。それがかなりの収益を出している。そのうち全国民がジェインの爪で作った服を着るようになるのではと怖気づくときもあるけれど、できるだけ気にしないことにしようと決めた。お母さんと落ちたときにはがれた爪も力強く生えてきた。別室で眠るお母さんはベランダでの一件を、絶対に二人の弟には話さないでと何度も念を押した。

お母さんと二人だけの秘密を持つ長女になるのは、かなり良かった。

映画を観ていたジェウクは思わずシャツの前ポケットを探っていた。たまにレーザーポインターを入れていたポケットの中で指がとまどうことがある。どこかの夜空に向かってちゃんと発射されてるんだろうか、ジェウクはにこりと笑った。

その姿を見たジェフンはちょっと驚いていた。お兄ちゃんがあんなふうに一人で笑うときは大体何かある。意地悪なお兄ちゃんに、昔のお兄ちゃんに戻りつつあるんだろうか、ジェフンは期待した。そうしたらいちばん苦労するのは自分だろうけど、それでも構わない。エレベーターの多いソウルに戻ってきたんだから、もう怖いものはなかった。

もし三人が会話の多い姉弟だったら、もっとたくさんの事実が明らかになったかもしれない。でも、それぞれが楽な姿勢で映画を観るという線で交流を終えた。これまで起こった出来事の納得の仕方も三者三様だった。ジェインは遠い未来にいるギョンアの子孫の策略だと信じ、ジェウクは砂漠でよく見える星に存在する、別の文明からの信号だったと思い、ジェフンは一貫してアサリを疑っていて、海洋科学の分野に進学しようかと悩んでいるところだった。

夏に始まり、冬に終わりを迎えた三姉弟の冒険だった。でも三人はたまに同時に、あるいはちょっとずれたタイミングで、こんなことを考えた。
このすべては、まだ完全には終わっていないのかもしれないと。

あとがき

ジェインとは高校に入学してすぐ相棒になった。彼女の出席番号が三十三番、私は三十四番だったからだ。カナタラ［日本語の五十音のあかさたなに該当］順の出席番号みたいなよくある偶然が、一人の人間の人生に与える影響について考えてみた。いちばん近くて大切な友人の一人を、こんなにたやすく手に入れた。なんでもない偶然、どうってことない超能力、平凡で小さな親切、たびたび出会う思いやりについての物語が書きたかった。実名を借りたので、ここに書き記しておくと、ジェインのモデルになった人物は大田《テジョン》の研究員という設定以外すべてフィクションだ。小説とは異なる温かい家庭で育ち、弟二人ではなく可愛らしい妹がいる。長いつき合いになるが、今でもびっくりするほど感覚派で愛らしいジェインとは、おばあちゃんになっても今のような友達でいられたらと思っている。

口数が多いわけでもないのに、何か話題を持ち出すたびに、それがことごとくネタになる友人たちがいる。ジェウクがそんな人だ。ほかの本でも協力してもらったことがあるが、今回は派遣勤務の経験について事細かに答えてくれた。友人たちへの近況確認から小説がたびたび生まれる。砂漠の砂を踏んだ経験は一度もないが、ジェウクのおかげで書くことができた。こちらも実名を借りたが、名前と砂漠に行った経験以外はすべて創作だ。友人たちの寛大さに甘えて生きている気がする。

実弟のジェフンは、実際に二〇一三年の夏から翌年の春までジョージア州のヤギ農場に滞在していた。そこでの経験を話してあげるからと小遣いを要求された。私たちは愛情あふれる姉弟というより、冗談を言い合ってクスクス笑うような仲なので、ジェフンのパートを書いているときがいちばん楽しかった。結末を気に入ってくれたらうれしいし、気に入らなければジェフンなんてありふれた名前なので、自分のことじゃないふりをすればいいと思う。十七歳のジェフンは熊さんみたいで笑える。私の書く小説は〈旅立とう、職業の世界へ！〉となってしまうくらい、いつもどことなく人生における仕事の占める割合が大きくなりがちだが、ジェフンも好きな仕事をゆっくりと、そしてうまく見つけてくれたらと願っている。

先に中編という興味深い分量が与えられたからこそ、楽しく埋めていくことができた。この小さな物語が、あなたの本棚で小さな鳥みたいに生きてくれたらうれしい。

二〇一四年　冬

チョン・セラン

訳者あとがき

本書は二〇一四年に韓国の出版社ウネンナムよりノヴェラ（中編）シリーズ第五弾として刊行された『ジェイン、ジェウク、ジェフン（재인, 재욱, 재훈）』新装版の全訳である。翻訳には初版十刷を用いた。

チョン・セランは一九八四年生まれ。出版社で編集者として働きながら執筆活動を始め、二〇一〇年に作家デビューしたという経歴を持つ。二〇一四年に初版が刊行された本書は、初期の頃に発表した四冊目の作品になる。

すでに『アンダー、サンダー、テンダー』（吉川凪訳、クオン）、『フィフティ・ピープル』、『保健室のアン・ウニョン先生』、『声をあげます』、『シソンから、』（いずれも斎藤真理子訳、亜紀書房）、『屋上で会いましょう』、『地球でハナだけ』、『八重歯が見たい』（いずれもすんみ訳、亜紀書房）と八冊の邦訳が刊行されているため、著者の詳しい紹介は割愛するが、今や日本でもすっかりおなじみとなった人気作家の一人であることは間違いない。

友人が公認のbotを作ってしまうほど熱烈な著者のファンで、便乗して何度か会う機会を設けてもらったことがある。

一度目は二〇一八年。ソウルのカフェで著者を囲んでの『アンダー、サンダー、テンダー』読書会が開催された。ごく内輪の会だったので、参加者七人という小規模な催しだったが、我々の感想や細かい質問に笑顔で耳を傾け、一つひとつ真剣に答えてくれる姿がとても印象的だった。

二度目は翌年の二〇一九年。自ら出版社にアポイントまで取って、韓国の坡州《パジュ》出版都市の見どころを案内してくださった。屈託のない笑顔や、誰に対しても丁寧な態度に感動したのを覚えている。

あれから五年。今回ご縁をいただき、著者本人のような「さりげない親切や思いやり」のたくさん詰まった本作の翻訳を手掛けることができたことを光栄に思う。

韓国では二〇二三年六月二十八日より、年齢の数え方を国際基準の〈満年齢〉に統一する法律が施行されたが、それ以前に書かれた作品のほとんどが数え年で記されている。本書では基本的に満年齢で訳出している点をご了承いただきたい。

編集を担当してくださった斉藤典貴さん、校正を担当してくれた友人をはじめ、この本に携わってくださったすべての方に御礼申し上げます。

二〇二四年　秋分

古川綾子

著者について　**チョン・セラン**

1984年ソウル生まれ。編集者として働いた後、2010年に雑誌
『ファンタスティック』に「ドリーム、ドリーム、ドリーム」を発表してデビュー。
13年『アンダー、サンダー、テンダー』(吉川凪訳、クオン)で第7回チャンビ長編小説賞、
17年に『フィフティ・ピープル』(斎藤真理子訳、亜紀書房)で第50回韓国日報文学賞を受賞。
純文学、SF、ファンタジー、ホラーなどジャンルを超えて多彩な作品を発表し、
幅広い世代から愛され続けている。他の小説作品に
『保健室のアン・ウニョン先生』(斎藤真理子訳)、『屋上で会いましょう』(すんみ訳)、
『声をあげます』(斎藤真理子訳)、『シソンから、』(斎藤真理子訳)、
『地球でハナだけ』(すんみ訳)、『八重歯が見たい』(すんみ訳、以上、亜紀書房)、
『私たちのテラスで、終わりを迎えようとする世界に乾杯』(すんみ訳、早川書房)などがある。

訳者について　**古川綾子**　ふるかわ・あやこ

神田外語大学韓国語学科卒業。延世大学教育大学院韓国語教育科修了。翻訳家。神田外語大学講師。NHKラジオ「ステップアップハングル講座『K文学の散歩道』」講師を務める。主な訳書にハン・ガン『そっと 静かに』(クオン)、キム・エラン『走れ、オヤジ殿』(晶文社)、チェ・ウニョン『明るい夜』(亜紀書房)、チョ・ナムジュ『ソヨンドン物語』(筑摩書房)、イム・ソルア『最善の人生』(光文社)、チョン・ハナ『親密な異邦人』(講談社)などがある。

〈チョン・セランの本 07〉
J《ジェー》・J《ジェー》・J三《ジェーさん》姉弟《きょうだい》の世《よ》にも平凡《へいぼん》な超能力《ちょうのうりょく》

著　者　チョン・セラン
訳　者　古川綾子

2024年12月7日　第1版第1刷発行

発行者　株式会社亜紀書房
〒101-0051　東京都千代田区神田神保町1-32
TEL　03-5280-0261　https://www.akishobo.com/

装丁・装画　鈴木千佳子
DTP　山口良二
印刷・製本　株式会社トライ　https://www.try-sky.com/

　ISBN 978-4-7505-1863-3　C0097